詩趣雜談

易水寒 著

中西書局

自 序

中国，是一个诗国；中华民族，是诗的民族。可以说，诗是历史悠久、博大精深的中华民族文化的精神符号。

孔老夫子说，"不学诗，无以言"。

中国文化的摇篮时代，随处皆诗。《诗经》是诗，《楚辞》是诗，汉魏晋唐的"乐府"也是诗。读读《论语》，开篇就流淌着诗情诗韵："学而时习之，不亦说乎？有朋自远方来，不亦乐乎？"（《学而第一》）如赞如叹，且诉且歌，浓浓诗意扑面而来。再如："暮春者，春服既成，冠者五六人，童子六七人，浴乎沂，风乎舞雩，咏而归。夫子喟然叹曰，吾与点也！"（《先进第十一》）

美文美意，意趣盎然，读来朗朗如歌，不也是无韵的诗吗？

唐诗，宋词，元曲，明代清言，以及同诗一样琅琅上口的《三字经》《幼学琼林》《千字文》，还有千家万户门楣间的春联，以及各地名山胜水、园阁亭榭、祠堂庙宇、宫殿楼台之楹联妙对，等等，无不是人生感悟的精粹，山川河谷的禅思，传递着诗的智慧，诗的情采和韵趣。

中国诗文的奇妙之处，尤数音韵之美。当你唱、读、背到滚瓜烂熟之时，音韵会帮助你悟出字词的意义来。于是，你从日积月累不求甚解的恍惚中懂了，并深深地刻在脑子里，跟随你一辈子。读与背，是学习中国诗文的不二法门。这代代相传的文化精华，给了我们以美好高雅的文化品格和朴厚深致的精神滋润。

近年来，随着人们生活节奏的加快，现代文明的蓬勃发展，这些昔日高雅的艺术生活，似乎离我们越来越远了，古诗词是否还有存在的意义、发展的空间？古诗词如何适应当代生活观念、审美趣味，是值得我们在写作、欣赏以及理论等方面进行探讨的问题。

本书说的诗趣，不是所谓回文诗、宝塔诗、数字诗、药名诗、打油诗之类的文字游戏和形式趣味，而是从诗的意趣、情调和品味，以及诗人的人生态度和终极关怀而言的。

生活是一首歌，是诗的无尽的源泉。本书精选了历朝历代流传的一些诗歌，入选的标准是：好，有趣，有味，有特色，短而精，也有极少几首历代选家必选的名篇，而本人看法或有不同者，也选入了。

久居异国，无以为欢，谋食之余，读书写画，偶有心得，断断续续，便积成了现在的样子。虽然很杂，但都是说诗，说诗人，说诗的"趣味"，故以"诗趣杂谈"名之。

目 录

自　序

既是谈诗趣，为何开篇就"怨"？我们得稍费笔墨，从诗的源头说起。

纵观一部诗歌史，从秦汉魏晋而下，唐宋元明，以至清代民国，诗歌从它诞生的那一天起，就跟社会和个人的不幸结下了不解之缘。

儒家虽有"《诗》可以兴，可以观，可以群，可以怨"之说，其实，前三者是说诗的教化功能。汉代司马迁就独具慧眼，把《诗》三百篇都归于一个"怨"字。

南朝梁钟嵘在《诗品·序》里把"怨"字表述得更具体：

嘉会寄诗以亲，离群托诗以怨。至于楚臣去境，汉妾辞宫，或骨横朔野，魂逐飞蓬；或负戈外戍，杀气雄边。塞客衣单，孀闺泪尽，或士有解佩出朝，一去忘返；女有扬蛾入宠，再盼倾国。凡斯种种，感荡心灵，非陈诗何以展其义，非长歌何以骋其情？故曰："诗可以群，可以怨。"

稍晚刘勰的《文心雕龙·才略》说得更形象，"蚌病成珠"。

历代诗歌，凡是感人至深、流传千古的好作品，几乎绝大多数都是家国残破的悲歌，亲人离乱的思念和哀叹，以及对专制暴政造成的悲剧的揭露和讽刺。总之，诗歌同悲愤、悲苦、悲痛、悲惨、悲哀、悲伤、悲怨、悲恨、悲愁连成了命运的一体。

一切好的作品都是作者的哭泣。清末刘鹗《老残游记·自叙》说："《离骚》为屈大夫之哭泣，《庄子》为蒙叟之哭泣，《史记》为太史公之哭泣，《草堂诗集》为杜工部之哭泣；李后主以词哭，八大山人以画哭；王实甫寄哭泣于《西厢》，曹雪芹寄哭泣于《红楼梦》。"

诗歌，是忧伤的艺术。

诗言志，抒情，表意，时代的变化之于诗，走的是反向的路，时代愈进步，诗便愈式微。

先来说说诗言志。

岳飞《满江红》词流传百世："壮志饥餐胡虏肉，笑谈渴饮匈奴血。待从头、收拾旧山河，朝天阙。"文天祥《过零丁洋》慷慨高歌："人生自古谁无死，留取丹心照汗青。"谭嗣同就义前《狱中题壁》："望门投止思张俭，忍死须臾待杜根。我自横刀向天笑，去留肝胆两昆仑。"

这是报国之志，革命之志，舍身成仁、英勇就义、气吞河山之志。

今天，自由已经没有了国界，地球成了各个民族文化交流融汇的大家庭。虽然在我们的事业中，还免不了会有种种的不幸与牺牲，但我们的祖先曾经经历的家破国亡之痛、流离颠沛之苦，离我们似乎已经很邈远了。

然而，我们不能没有诗，少了诗，生活就少了一点色彩，一点情趣，一点品位。

时代愈进步,科技愈发达,随着汽车、火车、轮船,甚至超音速飞机等交通工具的不断改进,社会的交游愈来愈广,生活的节奏愈来愈快。一个短信,千里咫尺,悬念顿消。如果我们还有雅兴,还要研诗弄文,还想在诗的空间里悠游,我们去寻什么题材,找怎样的灵感?

曰:趣味。

从情趣这个意义上来说,诗是无处不在的。不管古人今人,千古人性一也。现代生活,改变了生活方式,但改变不了人性。没有了悲苦痛哭,我们有游乐歌欢。生活中理趣,谐趣,童趣,醉趣,野趣,禅趣,闲趣,甚至苦趣,都可以发而为诗。

古代诗人中,就不乏这样的懂得趣味的大诗人。陶渊明、王维的田园之趣,李白、苏东坡的放达超脱之趣,陆游、辛弃疾的闲居散淡之趣,历代文人的渔樵山野之趣、散淡清雅之趣,还有出家人的禅趣,书画家的笔墨之趣,甚至是久经屈辱磨难而始终坚守人性尊严如现代诗人聂绀弩等人的讽喻之趣——诗的功能大矣。

诗能抒愤,能解苦消忧。陶渊明《责子》诗:"天运苟如此,且进杯中物。"

一杯酒下肚,两句诗便来,一切都在诗意豁达的胸襟里化解。

范仲淹《唐异诗序》说:"诗家者流,厥情非一。失志之人其辞苦,得志之人其辞逸,乐天之人其辞达,觏闵之人其辞怒。"

趣味是一种风度,一种人格,一种品味,一种豁达,一种修养——趣味是真性情的流露。

诗人都是性情中人,唯性情中人可信可亲可近可爱,可与之言诗。

　　唐代诗歌无论从数量还是质量，都代表着中国诗歌的最高水平；是中国文化宝库中永远令人瞩目、闪耀着智慧的瑰宝；也是最能表现汉语文化独特光彩，融音韵感情于一体的文学艺术形式。

　　唐代诗歌在世界历史和各民族文化艺术中，也是独一无二的现象，这是中华民族的骄傲。

　　在中国历史上，从盛唐一直到晚唐将近三百年时间里，唐代诗歌数量之多，诗人之众，没有任何一个朝代可以比拟。上至帝王将相，下至文武官吏，士农工商，平民百姓，无不能诗。闻一多先生说："凡生活中用到文字的地方，他们一律用诗的形式来写，达到任何事物无不可以入诗的程度。"可以说，唐代诗歌是那个时代的精神体现和文化符号。

　　启功先生说，"唐诗是喊出来的"。

　　"前不见古人，后不见来者。念天地之悠悠，独怆然而涕下！"（《登幽州台歌》）这是诗人陈子昂的独啸，也是初唐诗人们整体性风格的歌吟。

　　启功这说法浅白、生动、精到，喊出来的正是反映时代需要、跳动时代脉搏、鼓动时代精神的最强音，喊出了大唐盛世的鼓角号音，唱出了大唐气象的

《明月出天山》（林建 绘）

金戈铁马。

    唐代诗人王之涣的五言绝句《登鹳雀楼》就是这样一首脍炙人口的喊出来的诗。在五言绝句中被誉为千古绝唱，是当之无愧的。

白日依山尽，黄河入海流。

欲穷千里目，更上一层楼。

诗人登上山西永济县的鹳雀楼，极目远眺。从眼前之景生发开去，壮阔之景引发出壮阔的胸襟，诗兴顿发。开疆拓土，豪气干云，豁达雄迈，更上层楼的壮志，正是我们常说的大唐气象，在这里体现得最为明显。诗贵言简意赅，此诗短短二十字，前两句描写，眼界开阔，像广角镜头的照片，天地山川尽收眼底；像粗线条的画，远近高低，都到笔下。而欲穷更上的壮阔胸襟，不仅是诗人个人的，更是那个时代从朝廷君臣开疆拓边、建功立业，到民间百姓百业兴旺、市井繁荣的时代精神的最好概括。

此诗言简意赅，对仗工稳：白日，黄河；依山，入海；欲穷，更上；千里目，一层楼。大气魄，高境界，读来令人精神为之一振。

喊出来的诗不仅要有大嗓门，更要有大胸襟。

我们再来读读诗仙李白的《关山月》：

明月出天山，苍茫云海间。

长风几万里，吹度玉门关。

汉下白登道，胡窥青海湾。

由来征战地，不见有人还。

戍客望边邑，思归多苦颜。

高楼当此夜，叹息未应闲。

一开篇就高屋建瓴，豪气贯云，在诗人笔下，天山云海、玉门关塞，青海高原，尽收眼底；胡马兵戈、关塞烽火，一气贯下；边邑戍客、高楼怨妇，都上心头。纵横几千里，从高度、广度、深度，多方面、多角度、集中而典型地概括在短短六十个字里。如果，我们说是艺术表现力的高度概括，还不如说，这正是大唐盛世那个时代造就的大唐气象，而赋予了诗人的灵感、胸怀和才情，才喊出了这首既有历史感，又特具悲悯情怀、个人感情与时代风云高度统一的诗篇。

此外，在初唐王勃、杨炯、卢照邻、骆宾王四杰，以及盛唐李白、杜甫、孟浩然、王维、王昌龄、高适、岑参等大诗人的无论长篇还是短制，随处都可以读到这样声情并茂、气势雄阔、激情豪放的壮歌。

明末清初思想家方以智在比较唐代孟、杜、李三位大诗人所作洞庭诗时说："浩然之撼（气蒸云梦泽，波撼岳阳城），杜陵之浮（吴楚东南坼，乾坤日月浮），何如太白之刬（刬却君山好，平铺湘水流）耶？愚者尝作词曰：竟把青天埋在秋风浪里，渺渺愁予，斑斑几点而已。"

可见他是把李白排在第一位的。

方以智《洞庭君山》（易楚奇 书）

诗，抒情。情是诗的眼睛，是诗的灵魂，没有情就没有诗。

任何一种文学形式都有它局限性。南宋严羽《沧浪诗话》云："诗有别材，非关书也；诗有别趣，非关理也；然非多读书、多穷理，则不能极其至。"

严羽说的是诗人的修养，当然，也是说作诗。"诗有别趣，非关理也"，诗不是用来说理的，用诗来说理，还有什么味道呢？

但话又说回来，也不能太绝对。清代潘德舆《养一斋诗话》补充说得好："理语不必入诗中，诗境不可出理外。"

诗史中，就有不少这样的说理的诗，通常说寓理入诗，即诗中"藏"着理，藏得很巧妙。

宋代是道学家的天下，道学同诗本就是一对冤家。古希腊的柏拉图对"诗歌与哲学之间的旧仇新怨"，早就说得很透。但正如上面说过，天下事都不能绝对化。头巾气重的老夫子，他们的"闲言语"里，也会偶有人性的一现，跳出几点光芒。反之，大诗人有时也会有头巾气，也会高讲"义理"。如陆游、黄庭坚、辛弃疾等人就是。千年以后，回观历史人物，我们以平和客

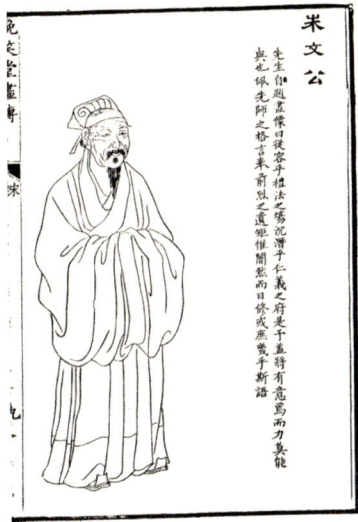

米文公

先生仰題五像曰従容乎框法之場沉潜乎仁義之府是千直将有意焉而力莫能　　典乜保先師之格言来前烈之遺睢惟閬然而日修或底幾乎斯語

朱熹（1130—1200），字元晦，号晦庵，谥号文，南宋理学家、教育家

观的态度，报以淡然一笑。

如朱熹的《观书有感》，就是道学之外的"闲言语"。作为人，当把那分道貌岸然的头巾气暂时去掉以后，真的一面就自然而然出来了。

半亩方塘一鉴开，天光云影共徘徊。

问渠那得清如许？为有源头活水来。

虽然，还在理学的圈子里，毕竟有了些活气、生气。

源头有活水，就连小小的半亩方田也清明如镜，照得见天光云影一片清晰生动。

此诗的容量极大，意蕴深厚，词浅义幽，"源头活水"是来自生活的一种诗意的形象的表述。我们常常说"诗眼"，这就是。

另一位理学家王阳明在江西龙冈书院讲学时，有《山中诸生》一诗：从另一个角度说"理"，也说得不错，自然，且毫不费力：

沿溪踏花去

壬寅

桃源在何许，西峰最深处。

不用问渔父，沿溪踏花去。

学问之路，就在你的脚下，只要坚持不懈，持之以恒，朝着既定的目标一路走下去，就能到达事业的顶点——你梦想中的桃源。

严羽在《沧浪诗话》中说："不涉理路、不落言筌者，上也。诗者，吟咏情性也。盛唐诸人惟在兴趣，羚羊挂角，无迹可求。"这话很精辟。但王阳明是明代人，还是位理学家，于是写诗也透出几分头巾气。

西班牙大画家毕加索也懂得这个道理，他说："艺术是让人感觉的，而非是要人理解的。"

"春来遍是桃花水，不辨桃源何处寻"（王维《桃源行》），这才是诗的正路。难道，你没有读出诗人的喜悦和那种无法言说的美妙感觉？

这是诗人的感觉，艺术家的感觉。

角色是可以转换的。同是理学家的宋代的程颢有《秋月》诗道：

清溪流过碧山头，空水澄鲜一色秋。

隔断红尘三十里，白云红叶两悠悠。

韵味无穷，理学家也是诗人。

←《沿溪踏花去》（林建 绘）

宋代大诗人苏轼是一位有多方面成就的全才、通才。不仅诗好词好文章好，书法好，绘画也好。千年而下，一人而已。但也有人批评苏东坡，说他开了"以文为诗"的风气，倒是说对了。

他不仅以理入诗，还"以文入诗"。其实，以文为诗，韩愈比他还早。但说句实在话，这些诗都不怎么好。我们既无能力学，就更不能写了，因为那终究不是诗的正路。

"当局者迷，旁观者清"，这是我们常说的一句话。极富哲理，人人都懂。但如何把这哲理用诗来说？而且说得透彻晓畅，就要有大本事。

东坡先生通过自己游庐山的经历，不经意中悟出了这个道理。他用极形象的语言，把为什么会"迷"的原因，用诗的语言来表达。且看这首《题西林壁》：

横看成岭侧成峰，远近高低各不同。
不识庐山真面目，只缘身在此山中。

寓理于景，寓理于境。人人在生活中体验过的，充满了哲理趣味的经验，我们却常常失之交臂。横看侧看，远看近看，高看低看，对于山来说，山还是山，但高低大小，形象迥然不同。一个囿于局内的人，他的眼光和胸襟自然受到了局限。迷于其中，清于其外，就正是这个道理。好的诗都是平凡生活中有所发现，有所领悟的经验，用精辟的语言提炼而成的。

说到庐山诗，我想说说叶剑英的一首庐山诗：

庐山云雾弄阴晴，伐木丁丁听有声。

五老峰头偏向右，东方红后见分明。

写景吗？是，但不全是。表象是写景，实则藏着意。这是一首政治讽喻诗。1959年庐山会议是中共历史上一次重要的路线斗争会议。诗人叶剑英是持公正立场的，但碍于形势，只好用这种委婉的态度发而为诗。

同样是"看"，东坡先生是从位置的变化来看——横看侧看，远看近看；叶剑英是从时间的变化来看，早看晚看。

五老峰头，云遮雾障，是左还是右？也是一样的不分明。只有等到太阳出来，云雾散尽，才能真正看清谁左谁右。东方红是当时的时髦语言，既是写景写时序变化，也是一层保护——妙在"东方红后见分明"。我们还是回到东坡的诗。

东坡先生是极善在平凡生活中发现生活真谛，提炼诗情诗意的诗人。他有一阕《定风波》词，谈人如何适应生活环境的变化，就是从身边下人的谈话中总结领悟出来的：

王定国歌儿曰柔奴，姓宇文氏，眉目娟丽，善应对，家世住京师。

定国南迁归，余问柔："广南风土应是不好？"柔对曰："此心安处，便是吾乡。"因为缀词云。

常羡人间琢玉郎，天应乞与点酥娘。自作清歌传皓齿，风起，雪飞炎海变清凉。 万里归来年愈少，微笑，笑时犹带岭梅香。试问岭南应不好，却道，此心安处是吾乡。

诗人之所以异于常人，就在于"敏"，敏知、敏感、敏觉，就在

《不识庐山真面目》（林建 绘）

于在极平常的事物和生活现象中，见人之所未见，从而发现，提炼出诗意来。此诗的诗眼，就是柔奴的一句话："此心安处，便是吾乡。"这样一句老老实实、平常又平常的话，引起了诗人的深思。东坡从这句话里，一下子联系自己的遭遇，以及对这遭遇的感应，从中得到了启示。此时不仅"因为缀词"，对柔奴发出"笑时犹带岭梅香"的赞美，并由此从精神的躁乱中获得了"雪飞炎海变清凉"的感悟和宽慰。

东坡是一位极具人性光彩和平民思想的大诗人，也是一位善于从生活底层，从田夫野老、僧道倡优中吸取养分的思想家。他被贬广东惠州时，备尝人情冷暖和生活清苦的双重折磨，但这位从"此心安处，便是吾乡"中获得精神力量的诗人写道："日啖荔枝三百颗，不辞长作岭南人"，是自我安慰，也是乐观放达。之后，苏轼又被流放至海南儋州，掐指算来，谪居天涯海角足足三年零八天。他在遇赦量移廉州（今广西合浦）北上渡海时，虽已临近人生终点，却更为豪情地发出："九死南荒吾不恨，兹游奇绝冠平生"（《六月二十日夜渡海》）这样的壮言。

有一年冬天，我在海南海口五公祠的东坡纪念馆那个寂寞冷落的院子里看到这样一幅楹联：

此地能开眼界；何人可配眉山。

真是妙联。别开一面，妙想迁得，从"眉山"——东坡先生的家乡，"东坡号眉山"，联作者由此顿生灵感，自然而巧妙而又轻轻地托起了一座大山。

可惜，不知是何人所作。

千古而下，有几人能达到眉山先生这样的人生境界？

我在他的塑像前站了很久，很久。

我们现在的许多教师同孩子们讲大道理，常常直来直去，要如何如何，不要如何如何。板着面孔，生硬地说一大堆，结果效果却不好。孩子们怎么会听得进去呢？最好的办法就是让自己也回到童年，把自己也当作孩子，童心童真童趣，同孩子们打成一片。用孩子们的心说孩子们的话，用他们喜闻乐见的方式，寓教于乐。

元好问是金代一位很重要的诗人，他的《同儿辈赋未开海棠》就是一首同孩子们说理的诗。此诗是一首全用比兴手法的佳作，一点也看不出他在说理。所谓以眼前景说他日事，讲今日情，道人生理，对我们极有借镜。且来读诗：

> 枝间新绿一重重，小蕾深藏数点红。
> 爱惜芳心莫轻吐，且教桃李闹春风。

"新绿"固然一重重，"小蕾"而又"深藏"，且不多，只有数点。正是面前孩子们的诗化形象，生动活泼，充满生机。诗人观察事物之细之微，很值得我们注意，把"未开"的情状写活了。用极浅白的语言，说很深的道理，说得巧妙，教人信服。暗处说理，明处说海棠。句句写海棠，句句含着理，含着趣。诗人把海棠人

枝间新绿一重重，小蕾深藏数点红。爱惜芳心莫轻吐，且教桃李闹春风。

《枝间新绿一重重》（林建 绘）

格化，好像对海棠说话，其实，是对儿辈说话，对象双关，语意也双关。"爱惜芳心莫轻吐，且教桃李闹春风"。一者说，有本事不要忙着往外拿；一者说，你们不用急，由他们去闹吧。诗中"桃李闹春风"的"闹"字，把"莫轻吐"托衬起来，使整个意境充满了动感，而显得生意益然。

生活中也常常有相背相离的情况，孩子们无意说理，而理自在其中。孩子们天真、稚趣的话，无意间说出了人生的大道理。

唐代诗人赵嘏《到家》（编按：一作杜牧诗，题作《归家》）就属此类。诗题平易到了极致，但意境和趣味却极不平凡。岁月沧桑，人生短暂，当事者常常迷惑其中，而不经意间，却叫未经世事的孩子们一语道破。

> 童稚苦相问，归来何太迟？
> 共谁争岁月，赢得鬓边丝？

童稚苦相问，起得唐突，大手笔，一下子省去了许多笔墨。下面三句句句设问，问"回家何迟"？问"跟谁争斗"？第三问实际上是孩子眼中所见："鬓边丝"。一辈子奔波劳累，赢来的是两鬓白发。孩子的问，问得天真，问得直白，问得随便，小孩子不明白的，是真不明白。大人的不明白，则是痴与迷。他们经历了生活中的许许多多，却依然在岁月无情的争斗中消磨。

儿童的天真里面，不自觉地藏着天机和理趣，对于过来人，这无心的带几分稚气的问语，透出人生的真谛。

周作人先生仿诗意将五言改为七言：

> 人生未老莫还乡，垂老还乡更断肠。
> 试问共谁争岁月，儿童笑指鬓如霜。

读起来朗朗上口，也很有味。饱含着人世的沧桑与难以言说的辛酸。一个笑字，把过来人的痴迷，与未来人的天真的笑，也是无意的"指"，道出了也无意间揭示了生命的无奈与艰辛。诗看似浅而白，但意蕴却深而凝。

赵嘏的诗极少用典，且常以口语入诗，却别有深意。如："同来玩月人何在，风景依稀似去年"（《江楼有感》），"门前虽有如花貌，争奈如花心不同"（《悼亡二首·其二》），"老僧心地闲于水，犹被流年日日催"（《重游楚国寺》）等，都是写得明白晓畅、脍炙人口的佳句。

唐代是历代以来诗歌最为鼎盛的时代。巍巍高峰，皇皇气象。鲁迅先生说："我以为一切好诗，到唐已被做完。此后倘非能翻得出如来掌心之'齐天大圣'，大可不必动手。"（《致杨霁云》1934年12月20日）

齐天大圣只能舞金箍棒，翻筋斗，大闹天宫，再大的本事也做不出诗来。所以，宋人只好另辟他途，改而为长短句，作词。词做到了极致，慢慢地也做得差不多了。于是，元人改作曲，作小令，写戏。明清以降，诗词曲如江河日下。诗潮虽落，但代有才人，把中国文化传统的薪火，一代一代地传承发展。应该说，在世界文明发展史上，这是一个最光辉的典范。

我们还是谈诗。

中国诗是早熟的。同一切事物一样，早熟不是好事，因为早熟必然早衰。五四以后，我们便从白话中找出路。时代的变化挽着形式的手，走了另一条路。虽然现在还在走，但毕竟已经式微了，时代使然——无可奈何花落去也。

唐代两座高峰，诗仙李白，诗圣杜甫，举世公认。我们这里先说李白。李白诗仙的名字怎么来的。他自己这样说，别人也这样认。"自称臣是酒中仙"，虽是出自杜甫之笔，却是源自李白之口。"谪仙"这个词也是杜甫说的。称李白为诗仙的人远不止杜甫，而几乎众口一词。总之，这个雅号没有人敢同他来争。读读李白的诗就知道，他诗中的确飘荡着一股仙气。且看《夜宿山寺》：

危楼高百尺，手可摘星辰。
不敢高声语，恐惊天上人。

这是李白青年时期的作品，吐纳之间，想象飞腾，仙风阵阵。常人做到前两句，已经不错了。这三四句，如神来之笔，奇峰突起，简直就有一种仙灵之气：天上原来住有人？！

李白对神仙的向往，在《焦山望松寥山》一诗中，表现得最为鲜明：

石壁望松寥，宛然在碧霄。
安得五彩虹，架天作长桥。
仙人如爱我，举手来相招。

站在山头石壁之上，李白就开始飘飘然了，想象天上的彩虹会化作登天的长桥，天上的神仙在桥的那边向我招手……

但是，他失望了，于是，他读庄子，习黄老之术，炼丹，求长生之路，向往天上仙人的生活。《游洞庭湖五首·其二》，他写道：

南湖秋水夜无烟，耐可乘船直上天。
且就洞庭赊月色，将船买酒白云边。

洞庭水天相接，不是可以驾着船一直升到天上去？把船停在白云边上，然后，到神仙洞府去作客，同他们喝酒，论道，谈诗。

然而，那也是空想，赊满船月色，也上不了天，那就到庐山去看看（《望庐山瀑布》）：

日照香炉生紫烟，遥看瀑布挂前川。

飞流直下三千尺，疑是银河落九天。

他的心目中，始终有另一个美好而遥远的世界。那遥不可及的仙境引领他到处游览寻觅。寻仙，问道，炼丹，饮酒。这位渴慕成仙成道的诗人在人间找不到酒伴，寂寞至极的谪仙——于是，就邀月来同饮（《月下独酌四首·其一》）：

花间一壶酒，独酌无相亲。

举杯邀明月，对影成三人。

月既不解饮，影徒随我身。

我歌月徘徊，我舞影零乱。

暂伴月将影，行乐须及春。

醒时同交欢，醉后各分散。

永结无情游，相期邈云汉。

他依然没有放弃，约定了上天之后，再来喝个痛快。清冷，寂寥，在诗人笔下，却如此欢快，热闹。花，月，影，都成了有情有趣的酒伴；歌，舞，乐，幻化了诗人生命精神的大张扬。于是，成就了一个时代的文化巨人，成就了中国人心目中最亮眼的文化符号——永远的诗仙。而他，却在寂寞中，当"欲上青天揽日月"（《宣州谢朓楼饯别校书叔云》）而无期，只好放浪形骸，"明朝散发弄扁舟"（同上），做一个浪迹江湖寂寞的散人了。

←—《月下独酌》（林建 绘）

〔〇七〕客心洗流水

趣味一词，是一个含义包容广阔的词。大则有雅趣俗趣之分；以类别则有酒趣茶趣，琴棋书画，舞裙歌板，闲趣逸趣。有渔樵山林、野逸田园之趣，有寻欢买笑、游宴歌舞、奢华豪富的冶游之趣。人生无处不有情趣，世间到处都有关怀。这些，都取决于人的品味修养。品味高雅，则山川草木，雨雾云霞，小桥流水，烟树人家，都悦人以耳目，动人以情怀。

大诗人李白独坐在敬亭山面前，眼前是"众鸟高飞尽，孤云独去还"的四野空阔，而敬亭山兀然挺拔，卓立不群，岂不正是傲世特立的自我？于是，"相看两不厌，只有敬亭山"的相与晤对，如与神交的领悟，正是物我两忘境界的玩味。在他的眼里，山人格化了，然而，又何止是人格化呢？简直就是诗格化了。弄不清是庄子化蝶，还是蝶化庄子，是把自己化进了自然，还是把自然搂进了怀抱？

敬亭山成了诗人心目中相通相悟，精神交流，喜乐忧愁相与神悟的至交。"只有"两字是此诗之眼，我们得把这个"只有"深深地、细细地涵泳品味，或许能品出一点滋味来。

诗人眼里的山是人格化、诗格化的山，那么，更富

《客心洗流水》（林建 绘）

人格化、诗格化的音乐，在诗人眼里又会如何？

让我们来看看这一首《听蜀僧濬弹琴》：

> 蜀僧抱绿绮，西下峨眉峰。
> 为我一挥手，如听万壑松。
> 客心洗流水，余响入霜钟。
> 不觉碧山暮，秋云暗几重。

李白的诗，绝大多数是佳作，而这一首，更是清气满怀的诗中逸品。

此诗以叙事起，以写景作结，淡雅自然，毫无半点作态。李白爱用数字入诗，如《宣城见杜鹃花》："一叫一回肠一断，三春三月忆三巴。"这首诗里的"一"和"万"，产生强烈的音响和情绪对比。这里前四句实写蜀僧琴音奇妙的感人力量。后四句虚出，如写琴音之美妙，写听琴人感悟之深沉，不是像白居易在《琵琶行》那样正面实写："大弦嘈嘈如急雨，小弦切切如私语，嘈嘈切切错杂弹，大珠小珠落玉盘。"而是虚笔逸出，"如听万壑松""客心洗流水，余响入霜钟"，写听者的感觉，以可见的形来表现不可见的音声，以感觉飞腾想象的彩翼，让琴声化解客心的孤寂与愁烦。最后，景语作结，余音缭绕，给人留下了万千回想。

白居易也是写音乐的妙手。除了《琵琶行》外，他写弹筝，与此诗有异曲同工之妙。如七绝《夜筝》："弦凝指咽声停处，别有深情一万重。"正是此时无声胜有声，余味无穷。

此诗几乎处处托出了一个雅字。僧雅琴雅，松雅水雅，山雅云雅，听琴的主人更是雅之又雅。

我把这诗写成条幅，挂在墙上，恍然如有琴声入耳。

王维《送沈子归江东》与李白的《黄鹤楼送孟浩然之广陵》，可以视为送别诗中翘楚——虽然，它们的表现手法完全不同。先看诗仙的：

故人西辞黄鹤楼，烟花三月下扬州。

孤帆远影碧空尽，惟见长江天际流。

前两句交代时间，事件，写故人孟浩然离开黄鹤楼到扬州去，自己去江边送行。后两句写景。近代学者王国维说，"一切景语皆情语"（编按：语出王国维《人间词话删稿·肆》："昔人论诗词，有景语、情语之别，不知一切景语，皆情语也。"），在这里是再恰当不过了。送别的情，惜别的情，全在景物变换的描写中突现出来。船已经慢慢去远了，诗人却不愿离去，一直静静地站立江边，痴痴地目送着渐渐远去的船影，消失在水天莫辨的尽头。

我们生活中，大概都有过这样的经验和体会：目送故人远去，怆然久立，黯然销魂。

我们再来看看李白的另一首诗《赠汪伦》，不过这次是友人送别李白本人：

李白乘舟将欲行，忽闻岸上踏歌声。

桃花潭水深千尺，不及汪伦送我情。

《桃花潭水》（林建 绘）

　　在诗仙众多诗篇中，这是一首很一般的应酬之作，但因为出自李白笔下，于是，历代选家们几乎都要选。

名家大家，的确有好东西，逸品，神品，有时也有一般的次品。如果不动动脑子，人云亦云，就容易迷信，尤其是在名家大家面前，更何况诗仙李白？

说这诗一般，一是太露，二是比喻不佳，以水之深比情之深，谓之"近取喻"，即同类相喻，其味寡淡。

我们用另一位大家诗佛王维的《送沈子归江东》来比较，就明白了：

杨柳渡头行客稀，罟师荡桨向临圻。

惟有相思似春色，江南江北送君归。

像一幅画，送别的地点："杨柳渡头"。此时，罟师（渔夫）荡起了桨，船离了岸。渡口边行人很少，气氛愈显寥落，悠悠离愁忽然涌上心头——"惟有相思似春色"，简直就是神来之笔，一个出人意外的妙喻，把全诗推至一个极高妙、极悠远、极发人幽思的境地。人已去，相会无期，此后便只有两处相思了。这绵绵无尽的相思哦，不就像这绵绵无尽的春色？

诗人的奇思妙想点化了全诗。诗人把这两个毫不搭界的概念勾联起来，顿时就有了浓浓的诗味。

相思似春色，很美，有些儿凄迷而又悠远，淡淡的，撩人意绪。真是说不清，道不明，剪不断，理还乱——相思的况味。

可谓古今中外第一妙喻。

钱锺书先生说过这样的话，比喻是把两个毫不相干的事物中的某一点来比，意趣全出。而上面说的"桃花潭水深千尺"比汪伦送别之情深，则以此物之深比彼物之深，就犯了比喻之大忌。李白笔下也有平平之作。因此，我想，读诗不是读人，我们要有一双慧眼，要有一颗诗心，才不会迷信盲从。

林语堂先生《记纽约钓鱼》说："想起渔樵之乐，中国文人画家每常乐道。但是这渔樵之乐，像风景画，系自外观之，文人并不钓鱼。惠施与庄子观鱼之乐，只是观而已。"

这话是不是说得太绝对呢。不错，宋代的王荆公、苏东坡、陆放翁、辛稼轩好像都没有钓过鱼，但韩昌黎是钓的。历史上最著名的两位钓客，姜太公和严子陵难道算不上是文人？姜太公之钓大概要算神话，那严子陵应该是没问题的吧！不过，他们的"钓者之乐"，是"非为鱼也"的。明代"后七子"的领袖王世贞一语道破天机：曰："桐江钓名，渭水钓利。"

孟浩然是一位真正的隐士，他有没有钓过鱼？孟诗中只有这样一句话，坐实了林语堂先生的武断："坐观垂钓者，徒有羡鱼情。"（《望洞庭湖赠张丞相》）

宋人黄庭坚在戎州登临胜景，有一首《诉衷情》的词，写渔父家风：

> 一波才动万波随，蓑笠一钓丝。锦鳞正在深处，千尺也须垂。 吞又吐，信还疑，上钩迟。水寒江静，满目青山，载明月归。

词是写得好的。正如林语堂先生说的，"系自外观之"，即旁观，不是亲钓，所以总有几分"隔"。而且，这"吞又吐，信还疑，上钩迟"，明处写钓鱼，内里则别有寄托，里面分明藏着几分钓者的玄机。

另外一位叫吴师禹的先生，我没有查出他是何方人氏，只知道他是明代人，他有一首《船上歌诗》，写得很有味。找寻其生平都困难，诗的名气自然没有黄庭坚大，但比较起来，吴诗却比黄词好。虽也是"自外观之"，但贴

严光（前38—41），又名遵，字子陵，东汉著名隐士

得更近，全用白描，贴近了打鱼人的行动，进入了他们的生活领域，感受了一对讨渔夫妇的清贫快乐而又诗化的情趣。

我们比较一下：

郎提密网截江围，妾把长竿守钓矶。

满载鲂鱼都换酒，轻烟细雨又空归。

此诗前三句全是描写和叙述，一个"提密网截江围"，一个"把长竿守钓矶"，这一对渔夫渔妇配合得多么默契。不仅是打鱼的活动配合默契，用鱼换酒，然后，夫妻双双对对在轻烟细雨中归来，那样相依相偎，相随相携。感情在平凡的讨渔生活中，自然，朴实，安闲，清贫，快乐。

"轻烟细雨又空归"，这个"空"，不是讨渔无所得之空，而是生活中那种无累无愁的心底悠闲之空。愉快过得又一天之空。

何等平实自然。我们只有羡慕。我们守得住这份日复一日的

劳累和简单吗？

顺便介绍一首清代大诗人王士禛咏钓者生活的诗，名曰《题秋江独钓图》，该诗以数字入诗，通篇叠用数字"一"，也很有味。

一蓑一笠一扁舟，一丈丝纶一寸钩。

一曲高歌一樽酒，一人独钓一江秋。

一共才二十八个字的一首七言绝句，其中就用了九个一字。诗是不错的，但毕竟是"做"。有点耍弄技巧的味道，玩文字游戏的意思。现代诗人徐志摩也玩过这类诗，也玩得颇不俗。抄在下面，以备一格。《沪杭车中》（节录）：

一卷烟，一片山，几点云影。

一道水，一条桥，一支橹声。

一林松，一丛竹，红叶纷纷。

在旅途中，沿途景色，所见所闻，庶几近之，因为玩这个一字，总感觉有几分勉强。

清末诗人易顺鼎《天童山中月夜独坐》有如下一首五言诗：

青山无一尘，青天无一云。

天上惟一月，山中惟一人。

在短短的二十字中用了四个一字，且叠用青、山、无、天、惟五字，只有尘、云、月、人四字独出，最后一句，所有静止的都活了起来。虽然也是在一字上做文章，但化出了诗意，形式虽仿佛，诗意却不俗。

正是秋收稻熟时，烧红八跪色胭脂。

脂膏尝尽团中味，端坐禅床法海师。

　　这是吴藕汀先生《药窗诗话》中《蟹和尚》一文开篇的一首诗。这样的诗有许多民间童话故事的色彩，很受儿童们欢迎，既说了童话故事，又学了诗，读起来朗朗上口，形象生动，爱憎分明，风趣有味，便于记忆，可惜现在写的人少了。

　　如今吃螃蟹同吴先生当年吃螃蟹大不一样了。现在吃螃蟹，尤其是吃阳澄湖的大闸蟹，是一种时髦。有一年九月，我回国的第二天，上海油画家林建为我接风，就专程开车请我去阳澄湖吃大闸蟹。此前，我只知道与阳澄湖临近的沙家浜有一位阿庆嫂，没想到，现在的阳澄湖大闸蟹比她有名。

　　螃蟹有海蟹、河蟹、湖蟹之分。我是湖南山区人，吃的是溪蟹。在我的记忆里，蟹不仅好吃，尤其是容易吃。吃起来最不费事。溪蟹很小，铜钱大小。我小时候下学回家，打赤脚在溪边玩耍，就爱捉螃蟹。翻开一块石头，下面就有一只两只，放在书包里。运气好能捉到十几只。到家把书包往妈妈怀里一丢，说一声螃蟹，就一路飞脚玩去了。晚饭时，一碟红红的油炸辣椒炒螃蟹摆在面前。

螃蟹只算是小荤，不能上席，大人拿来下酒，连壳一起吃，一口一只，味道好，又省事。那是我记忆里的美味。

一直到我出国，我没有吃过海蟹，当然就更没有吃过大闸蟹了。蟹虽是美味，但人们似乎不太喜欢它，吃了还要骂它："看你横行到几时！"此诗中的"八跪"指的就是它横行的脚，一个"跪"字，既形象又含骂意。人们吃螃蟹，骂螃蟹，还用它来表达自己的喜恶爱憎。

鲁迅先生说："一个和尚，法海禅师，得道的禅师，看见许仙脸上有妖气，——凡讨妖怪做老婆的人，脸上就有妖气的，但只有非凡的人才看得出，——便将他藏在金山寺的法座后，白蛇娘娘来寻夫，于是就"水满金山"。……和尚本应该只管自己念经。白蛇自迷许仙，许仙自娶妖怪，和别人有什么相干呢？他偏要放下经卷，横来招是搬非，大约是怀着嫉妒罢，——那简直是一定的。……听说，后来玉皇大帝也就怪法海多事，以至荼毒生灵，想要拿办他了。他逃来逃去，终于逃在蟹壳里避祸，不敢再出来，到现在还如此。"（《坟》）

中国民间流传的故事寓言，都有强烈鲜明的爱憎。"端坐禅床法海师"，一个"端"字，正好画出了法海和尚那幅伪善的面孔。螃蟹自己横行乡里已经够坏，还要窝藏更坏的坏和尚，那么，拿来火烧油炸，岂不解恨？

说到螃蟹，而把法海和尚也扯了进去，倒确实引起了我的许多童年生活的记忆——我们的文化历史知识就这样有滋有味地融化在我们的生活中。

晚唐皮日休的《咏蟹》，则简直就是一个诗谜：

未游沧海早知名，有骨还从肉上生。

莫道无心畏雷电，海龙王处也横行。

　　无一字提到蟹，而句句写蟹，此之谓隐语。隐语除有妙趣之外，还要切所咏之物。又叫咏物诗。这样的诗谜是我国古代文人之间的一种文字也是智力游戏，现在恐怕少有这样本事的人了。

　　我常常想，我们现在的儿童文学作品要是从这里找灵感，像吴藕汀、丰子恺先生一样，向古典学习，向传统学习，写出如皮日休这般既有趣，又有意思，音韵如歌的咏物诗该多好。

南宋佚名绘《荷蟹图》（局部）

说到咏物诗，苏东坡也是此中高手。不仅是高手，而且是高手中的高手。

皮日休的咏"螃蟹"，是有了个好题材，写得很有味。一、螃蟹有特别处，形象独特，爪多；二、横行，横行在中国民间是恶行、霸道的同义词。所以，皮日休《咏蟹》，一下子就抓住了要害，给猜谜的人提供了线索。

而咏花影就难了。史籍与诗史中没有找到记载，不知道是东坡先生自己还是别人，跟他开玩笑出的难题："咏花影"。

吟花好办，花的影子怎么咏呢？但，难不倒东坡先生。我们先来读诗：

重重叠叠上瑶台，几度呼童扫不开。

刚被太阳收拾去，却被明月送将来。

一个"扫"字，抓住了"影"的要害，一下子就点活了全篇，"影"就出来了。三四两句，一个"收拾去"，一个"送将来"，就把"影"写活了，写够了。但写的是什么影呢？请注意，诗人没有忘记告诉我们写的是花之影，所以，"瑶台"两字是不能少的，正如一幅画，他加上了色彩。

东坡先生是全才、通才，更是天才，连这样的游戏之作，咏物诗谜，都充满了幽默和童趣。

作诗谜，写形是第一位的，意则在其次，因为主要的功能是游戏，好玩。汪曾祺先生在一篇文章中回忆说，他读二年级时，有一首"画"的谜语诗，他至今不能忘：

远观山有色，近听水无声。

春去花还在，人来鸟不惊。

对仗工整，音韵协调，读来朗朗上口，谜底贴切的诗，不仅有趣，尤其是能启发孩子们丰富的想象力。

可惜，这样好玩有趣的诗，在我们今天的小学教材里很少见到了。

还是回到主题，谈谈咏物诗。好的吟物诗，托物喻志，把思想和趣味结合起来。

《韩诗外传》说鸡有五德："首戴冠者，文也；足搏距者，武也；敌在前敢斗者，勇也；得食相告，仁也；守夜不失时者，信也。"

这是一篇外传之诗，散文化的诗。

也写到了鸡的形象，首、足，说它文武皆备，但更主要的是写鸡的品行，敢斗之勇，得食相告之仁，守夜不失时之信。这是鸡的品行，也寄寓了中国文化中仁、义、礼、智、信的全部精神。

说到咏物，不能不提到现代的毛泽东，他在政治军事上的伟大成就遮挡不了他作为诗人的光辉。《沁园春·雪》《沁园春·长沙》都是可堪流传千古的名篇。我们来读读《卜算子·咏梅》：

风雨送春归，飞雪迎春到。已是悬崖百丈冰，犹有花枝俏。　俏也不争春，只把春来报。待到山花烂漫时，她在丛中笑。

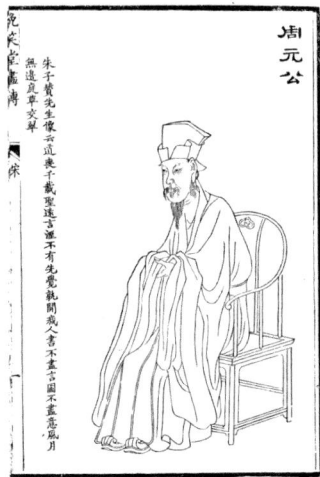

周敦颐（1017—1073），字茂叔，后世称濂溪先生，北宋理学家，理学创始人之一

　　先写梅花生长环境的艰苦，气候的恶劣，此时，百花凋零，万物萧索，而梅花不畏严寒，凌风傲雪，一枝独俏。诗人抓住这个特点，从梅花这种独特的自然属性着眼，开拓出人性化的社会属性，并赋予以高尚坚贞的精神和谦虚品格。托物以寄志，这是诗人经常运用，也是中国文化的优秀传统，谓之舍离形貌，而得其神韵，正如绘画之"得意而忘形"，正是咏物诗词的灵魂。

　　鲁迅先生写莲花，也是这种办法，完全舍弃了形，全部灌注于所咏之物的精神和品格。只要两句，莲花的神采顿现眼前（《莲蓬人》）："扫除腻粉呈风骨，褪却红衣学淡妆。"

　　莲花在浅水池塘中亭亭玉立、出污泥而不染（周敦颐《爱莲说》）的具体形象，诗人一个字也没有写，他把全部笔墨都放在了描写对象的精神上——风骨与朴实，这也是鲁迅先生自己的生活信念和精神的写照。

前些年的一个冬天，我回了两次国。一次由纽约直飞上海，一次飞广州，前后待了一个半月的样子。中国的变化令人惊叹。在纽约、巴黎、伦敦，一切现代城市所具备的，我在上海、广州、深圳都见到了。摩天高楼鳞次栉比，立交桥、高速公路密如蛛网，声光影电，奇形异彩，酒楼歌肆，争奇斗艳，令人叹为观止，比那些国际大都市有过之而无不及。然而，这些城市里，蓝天白云，清澈河流，却甚为稀见。

中国的现代化是不是牺牲得太多太多，而代价又太高太高了呢？

南北朝时期，陶弘景辞官隐居茅山，齐高帝萧道成对他颇为关心，下诏书询问情况，于是陶弘景写了一首《诏问山中何所有赋诗以答》：

山中何所有，岭上唯白云。
只可自怡悦，不堪持赠君。

国内的朋友常常在电话里自豪地说："人回来就行了，这里，现在什么都不缺。"

就拿北京来说，"陶然亭的芦花，钓鱼台的柳影，西山的虫唱，玉泉的夜月，潭柘寺的钟声"（《故都的秋》），成了郁达夫笔下永远的遗憾。也许，还要过些日子，他们才会明白，他们的生活中少了点什么。我想，也许有一天，给家乡的朋友送一掬不堪盈手的白云，将会是一种时髦。

我们还是谈诗吧。

古人写云的诗很多，写云的好诗也很多。蓝天高远，白云悠悠，无尘无染的形象，从来就寄托着散淡，飘荡着自由，浮动着清远，舒卷着悠闲。白云在历代文人诗人笔下，是志洁清高的表征。

宋代的释显万不算是什么大家名家，读读这首《庵中自题》，却是一首难得的好诗：

　　万松岭上一间屋，老僧半间云半间。
　　三更云去作行雨，回头却羡老僧闲。

把高远的人格化了的白云请到家里来，屋里来，便成了朋友。你住半间我住半间，我睡觉了，你却还在忙——去天边行雨。忙完回来之后，还要羡慕我清闲，睡了个好觉。诗就像两人说话一样，白云变成了身边的房客和朋友。

诗人也好，僧人也好，悠悠白云，是他们诗词中是常常出现的景物。其高远飘逸，悠然自在，无挂无碍，常是表达心之所寄心之所系的象征。此诗则大异其趣，显万的境界又高人一着，把白云看成自己的平平常常的同居者，甚而至者，还有几分自得地说，白云"却羡老僧闲"。我以为，倒不是无由的虚妄。

万松岭在杭州郊外，满觉陇山幽水美，风景绝胜。我在那里一个建在山坡上的度假村住过一周，吃住极佳。好几次从万松岭路过，只见满山青翠，令人神往。

另一位宋代高僧惠洪《庐山杂兴六首·其四》写道：

　　别开山径入松关，半在云间半雨间。
　　红叶满庭人倚槛，一池寒水动秋山。

这和尚久绝红尘,诗似乎也是从青山绿水里泡出来的。"倚槛人"那一份闲散清幽,同这山径、寒水、秋山,以及山间云雨,整个儿融而为一,没有半点烟火气,成了这红叶秋山大自然的一部分。

此诗,一个"动"字,使整个画面生动起来。动比映、倒、影都好。池者,很小,而山则大,以小动大,传神,有诗意,有韵致——只有和尚亲历者才有此感觉,也才能写得出。

再前一年,我同几位画家朋友结伴同游黄山。在莲花峰、光明顶,多次看到头上的白云,扑到怀里来。用手去抓,似乎就能感到那湿润清冷。如果,像那老僧一样,到四面通风的草庵里、庙里,去住上一阵子,山头云雾何止是在身边飘浮游动? 它不是同你住在一起吗?

宋代诗人龚大明有一阕《西江月·书怀》写道:

> 我本无为野客,飘飘浪迹人间。一时被命住名山,未免随机应变。 识破尘劳扰扰,何如乐取清闲。流霞细酌咏诗篇,且与白云为伴。

他没有如惠洪那般得道入定。宋人徐积有《闲仙》诗:

> 先生坐时云满裳,先生卧时云满床。
> 白云终日自来去,若比先生云尚忙。

此公好吟白云。又如《答白云之句·其一》:

> 我是白云云是我,自知云我不须分。
> 时人若问山翁意,看取山头一片云。

惠洪是物我相忘,而后面几位则差了一截,还停留在俗的境界,虽然很想同白云同雅。

现代人识破了尘劳扰扰吗? 懂得"何如乐取清闲"吗?

愿我们的天空常蓝,白云常伴。

诗之为诗，终究不在于理而在于情。

诗圣杜甫，留存至今的一千四百多首诗，绝大部分不是战争离乱的悲歌，就是百姓颠沛流离的哀叹。如"三吏""三别"、《兵车行》《哀江头》，等等。特别是晚年，连衣食都没有着落，出而为诗，风格沉郁悲凉，除了"牵衣顿足拦道哭"之类战乱景象的描写，就是"感时花溅泪，恨别鸟惊心"之类的吟叹。安史之乱前后，他几乎没有享受过几天真正的欢快与喜乐。就诗而言，前人有"欢愉之辞难工，而穷苦之言易好。"（韩愈《荆潭唱和诗序》）之说。杜甫的诗，沉郁悲哀者多，但诗圣毕竟是诗圣，写欢乐喜悦也出神入化。《春夜喜雨》是他的五律名篇。把春雨夜至的情、状、声、色，远远近近，表现得恰到好处，把"喜"藏了起来，或者，是把个人的喜化到了民众的喜里去了。

而七律《闻官军收复河南河北》，写听到官军胜利的消息后，一对老夫妻的喜悦和欢欣的情景，达到了极致：

剑外忽传收蓟北，初闻涕泪满衣裳。

却看妻子愁何在，漫卷诗书喜欲狂。

白日放歌须纵酒，青春作伴好还乡。

东阁官梅动诗兴，还如何逊在扬州。此时对雪遥相忆，送客逢春可自由。幸不折来伤岁暮，若为看去乱乡愁。江边一树垂垂发，朝夕催人自白头。

杜工部和裴迪登蜀州东亭送客逢早梅相忆见寄　楚奇书

杜甫《和裴迪登蜀州东亭送客逢早梅相忆见寄》（易楚奇 书）

即从巫峡穿巴峡，便下襄阳向洛阳。

这位写七律的圣手，真是举重若轻，流畅欢快，一气呵成，如行云流水。人物，形象，动作，情绪，气氛，用流水对的形式，统一在流水般明快喜悦的节奏中。我们读这首诗，简直就如同看到两位久经坎坷、颠沛流离的老夫妻听到消息后，始而疑而泣，继而相拥而舞，相拥而歌，想象着从水路出川一路回洛阳的动人情景。

有评论家说，这是杜甫平生第一快诗。这"快"有两层意思：一是情绪上欢快之快；二是诗的节奏之快。我以为，还有一快，则是诗人作诗时，那种因欢快至极而情绪飞扬，诗思泉涌，不假思索，运笔如风，一气呵成之快。

请看，句子中的这些副词的运用：

"忽""初""却""漫""欲""须"，如急鼓频催。特别是最后两句的"即从""穿""便下""向"，如轻舟出峡，在急流险滩中，顺着奔涌的水势，飞泻而下。

"杜甫平生第一快诗"，这评价准而切。我们仔细读一读，而且最好是读出声来，你就会领悟到情之于诗、情之于诗人是多么重要。

禅悟，是把外在的宗教变为内在的宗教，把传统的佛教对佛的崇拜变成对自心的崇拜。不立文字，直指本心，见性成佛的宗旨，把佛悟变成人们的自我意识的觉醒，从而，把人生的意义升华到高于一切的地位，为肯定现实人生的无限价值提供了坚实的哲学基础。

所谓"我心自有佛，自佛是真佛，自若无佛心，向何处求佛"（《六祖坛经》）。

人之所以惑，是因为迷。"一片白云横谷口，几多归鸟自迷巢"（宋释印肃《赞三宝》）。

我以为，古往今来，真正领悟了禅意而能出之以诗的，除了上面说的王维等人之外，就要算东坡了。他有一首《观潮》诗说：

庐山烟雨浙江潮，未至千般恨不消。

到得还来无一事，庐山烟雨浙江潮。

不见山是山，不见水是水；见山不是山，见水不是水，再回到见山是山，见水是水。这三个认识阶段，是感觉的升华，也是认识的升华。山水还是一样的，人的感觉和认识起了变化。

这种对于自己仰慕已久的事物，当得到或见到或愿望实现之后不过如此的感觉，几乎人人有过。三年

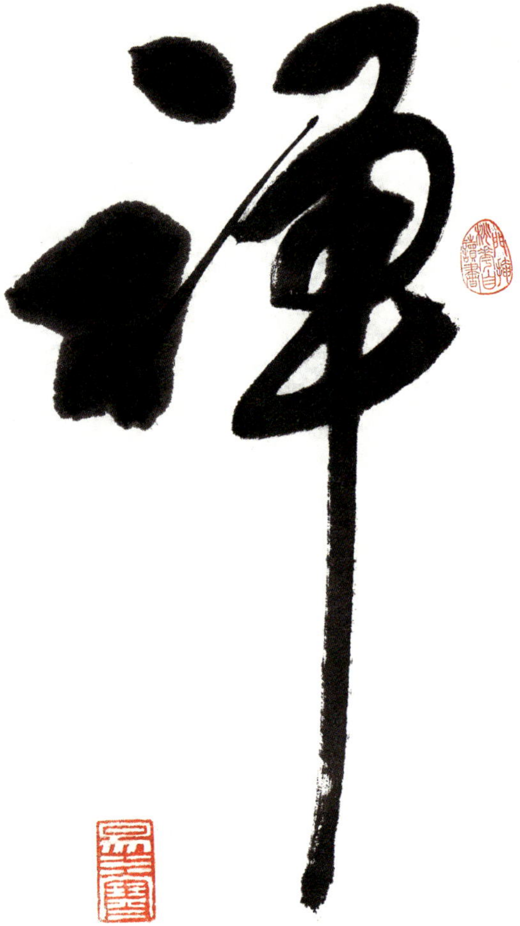
禪

前，本人随旅游团游欧洲七国，及至仰慕已久的法国巴黎举世闻名的凯旋门、香榭丽舍大街时，同车人无不雀跃欢快。女人更是涂脂抹粉，盛装打扮。导游给我们半小时照相，于是，纷纷在凯旋门选好位置留影。不巧，此时我内急难忍，举目四顾，找不到排解之处。正作难处，忽见导游发话，"还有十分钟，可以去麦当劳方便"。他顺手一指，那大大的"M"遥遥在望。欣喜不已，于是快步趋前。至痛快淋漓毕，见后面排成长队人马，全是同车游人。我们没有在那里消费一文钱，麦当劳却给我们以方便。后来，旅游团回纽约，为了感谢导游在急难处特别关照之情，我特意多给了这位经验丰富的导游老手几块小费。

当时，我就不知怎的忽然记起了东坡先生的名言："庐山烟雨浙江潮。"

后人批评东坡以文入诗，这一首要算是代表，的确，诗意是少了点，但说了真情，而且脱口而出，说出了世人都有但没有人说出的真话。

呵祖骂佛也是禅。明代大画家唐伯虎放浪形骸，对佛大不敬，他有一首《达摩赞》：

> 这个和尚，唤作达摩。一语说不来，九年面壁坐。人道是观世音化身，我道他无事讨事做。

这是赞吗？有几分嘲弄，有些大不敬，却标以赞，不过，他还没有骂。

←《禅》（易楚奇 书）

047

〔壹五〕散淡是一种境界

散淡，一种旷达的人生态度和飘逸的人生境界。诸葛亮未出山之时，自称"卧龙冈散淡之人"。后来出山，当了蜀国丞相，就再也散淡不起来了。

闻一多先生评孟浩然的诗时说：孟浩然的诗里，你似乎找不到诗。但孟浩然处处是诗，说孟浩然的诗，不如说"诗的孟浩然"。闻先生的真知灼见后面，是一位历史上真正散淡的隐士。

现代人生活节奏快，压力大，竞争激烈，尤其是大城市工薪阶层，企业管理人士，简直就是商品、金钱、市场乃至媒体的奴隶。怎么能散淡得起来呢？

现代人动不动就说"潇洒"，有一首歌《潇洒走一回》，唱得满世界出了名。可谁知道"潇洒"背后的辛酸？"用青春去换明天"的人，青春逝去，年龄老大，像白乐天先生笔下"犹抱琵琶半遮面"的倡女，年老色衰，形单影只，境况何等凄凉。

潇洒，是短时的放达，权宜的精神舒展。与散淡的境界离得很远。

长假旅游，是暂时的放松，短期的调整，不是散淡。现在有些人悟到了这一点，人在城市里拼搏，把家搬到郊区的别墅去。闲时种花莳草，假日把酒品茶，琴棋书画，悠游自乐，也不过是表面的清闲、放松，不是精神的舒展，更没有心的无忧，也不是真散淡。

散淡是一种境界，一种心态，一种与自然相偕相依，化而为一的回归。

宋代大诗人朱敦儒本人的生活是不是很散淡，我没有专门研究。我想，他应该是一位领悟了散淡真趣的人物。至少，他在《朝中措》一词中，把人生的散淡之趣写到了极致：

先生筇杖是生涯，挑月更担花。把住都无憎爱，放行总是烟霞。　飘然携去，旗亭问酒，萧寺寻茶。恰似黄鹂无定，不知飞到谁家。

先生不知何许人。一根筇杖，挑月担花，到处游冶，置身大自然之中，飘然来去，四处为家。饥了，寻家酒楼喝一盅酒；渴了，找个寺庙讨一碗茶。走到哪，歇到哪，茅棚草舍，不拣不挑，无牵无挂，无喜无忧。更不担心银子缩水，股票贬值。像林中黄鹂，想飞就飞上枝头，想歇就歇到花丛。一句"放行总是烟霞"，简直就是一个"自然"。

说到这里，我在对这位散淡处世、游乐天涯的先生肃然之外，却也生出几分遗憾。这是不是有几分游方和尚似的寂寞清冷呢？

元代文人卢挚笔下的散淡是一种与世无争、笑傲王侯的世外高人的清狂（【双调·殿前欢】其二）：

酒新篘，一葫芦春醉海棠洲，一葫芦未饮香先透。俯仰糟丘，傲人间、万户侯。重酩后，梦景皆虚谬。庄周化蝶，蝶化庄周。

这是一种醉态，梦境虚谬，连庄周化蝶，蝶化庄周都模糊了。我以为这不是清醒的散淡，而是看破滚滚红尘后的清醒与狂放。

元四家之一的倪瓒有一首七言绝句《烟雨中过石湖三绝·其二》，把散淡的情趣表现得最妙：

姑苏城外短长桥，烟雨空蒙又晚潮。

载酒曾经此行乐，醉乘江月卧吹箫。

笑傲王侯是一种态度，"醉乘江月卧吹箫"，是一种情趣。"庄周化蝶，蝶化庄周"则与自然化而为一，古今几人有这样的境界。

明代人似乎更懂得散淡。他们给散淡加了几分趣味，去了上面说的清冷和寂寞。是散淡同潇洒结合起来的雅趣，是一种清雅愉悦的享受。袁中道在《游居柿录》一书中，记录的全是这样的生活情趣。随便抄一段：

赴西城王孙小泉席，地较东城为僻。过湘城后湖，宛如村落，人家多茂林修竹，王孙家有歌儿，花径药圃具备，泛舟清渠可数里。夜宴，出小伶演新剧。

这种散淡就不是穷人可以享受的了。家有歌儿，还能请客开夜宴，出小伶演新剧。富贵人家的散淡，把啸傲王侯的态度同享受生活的情趣结合了起来，我们就只好艳羡了。

什么是禅？所谓"智与理冥，境与神会，如人饮水，冷暖自知"。也就是说，这禅境、禅理与禅趣是只有自己知道的"悟"。禅本来是外来的洋货，被我们的道家和儒家改造融汇。可以说，禅是佛学与道家哲学最精妙处的结合。

前些日子在上海、深圳两地逛书店。书架上谈禅的书籍大本小本，精装线装，印得精美无比，看得人眼花缭乱，不过，我终于一本也没有买。

禅能谈吗？禅怎么谈？不过，话又说回来，我这里，不是也在谈吗？我想，禅是能表现的，但不宜谈，不好谈，或曰，谈不清楚。禅本身就拒绝语言。禅是悟，是觉，是道，禅又是一种相，一种无处不在的"妙"。禅师们说：明心见性。禅是只可意会，不能言传的一种人生智慧。

南宋诗人永嘉四灵之一的翁卷有首《野望》：

一天秋色冷晴湾，无数峰峦远近间。

闲上山来看野水，忽于水底见青山。

"忽于水底见青山"这种蓦然发现，这顿悟的过程大体与禅相近。水底青山大体就有禅的意味。而闲上山来看野水的心境，则正是这种偶然发现，猛然领悟的必不可少的精神准备。

唐代一位佚名比丘尼下面这首《嗅梅》诗，也许更形象地表明，禅，大约是怎么回事。

尽日寻春不见春，芒鞋踏遍陇头云。

归来笑拈梅花嗅，春在枝头已十分。

"春"是什么？是季节，是气候，也是一种气氛情绪和心情。寻春是企盼，不是单纯的等待。我们常说的"游春"，是说春已到之后的欣赏、喜悦和欢快。

此诗前两句写出了知道春之将至的憧憬与尚未见到之前的惆怅的微妙心情，第三句七个字中，只有"梅花"一个名词，其余五个全是动词。"归""笑""嗅"，把忽然发现的喜悦之情，表现得淋漓尽致。第四句"春在枝头已十分"，与诗的寻常写法大异其趣，不是含蓄，也不是虚出，而是如忽闻喜讯一般，舒畅狂歌，而开怀大笑，任感情无遮无拦、尽量地奔溢而出。

这两首诗同一妙趣，都是写"有意为之而不得，无心寻处自然来"的意趣。前一首"忽于"是禅之"顿悟"，后一首是禅中的"本来已在，偶然发现"。诗道唯在妙悟，禅道唯在妙悟，两者皆源于悟。

唐代大诗人王维是禅道与诗道结合得最自如的一位。读读《终南别业》，对我们颇有启示：

中岁颇好道，晚家南山陲。

兴来每独往，胜事空自知。

行到水穷处，坐看云起时。

偶然值林叟，谈笑无还期。

不像在作诗，倒像在道家常。读到"行到水穷处，坐看云起

風來東閣題詩處
瀟洒西湖處士家
淡淡溪煙夢初覺
一鉤殘月種梅花

卓敬 孤山

明·卓敬《栽梅》绝句（易楚奇书）

时"两句，难道你还没有体味到诗人心中的"空"？在另一首《酬张少府》中，诗人写道："松风吹解带，山月照弹琴"。心中没有半点尘俗的空，是一种精神净化的空，是一种与自然化而为一的大自在。也是对人生了无牵挂、万事透尽的空。

于是，才有静，才能定。这种与大自然静相晤对的内心感悟，是禅的最高境界——"心无外物，一任自然"。

或许，还是茫然，那只好把佛家的那首有名的禅宗六祖惠能的偈语请出来：

菩提本无树，明镜亦非台。

本来无一物，何处惹尘埃。

到了宋代，禅与诗的关系就更密切了，禅宗盛行，文人士大夫学禅参禅成风，借禅悟以喻发而为诗成了时尚。

苏轼说："暂借好诗消永夜，每逢佳处辄参禅。"

说了半天，是不是更加茫茫然了呢。所以，禅是不能说的。

禅是一个说不完的话题。现在，连老外也"禅"起来了。美国金融风暴期间，纽约有占领华尔街近旁的祖科第公园的群众运动。参与其事者，大多是纽约中层知识界人士，穿西装，打领带，文质彬彬。你来我往，没日没夜，成群结队，也有带着孩子老婆的。吃的喝的用的，当然还有玩的，一应俱全。男男女女数千人，他们似乎很快乐，还准备在这里过冬呢。而记者，摄影者，录音者，路人旁观者，我甚至还看到下棋者和踢球者，场面很红火，但热闹而不乱，警察在旁边看着，相安无事。这次抗议活动持续了好几个月。

我去看了一次热闹，没有看出名堂来，他们要干什么呢？

有记者问占领华尔街的抗议民众："你们取得了成功了吗？"

一部分人回答说："是的，我们还在这里"。

还有一部分则说："没有，我们还在这里"。

说"是"的，是因为"在这里"；说没有的，也是"我们还在这里"。两样回答，一个说法，都是"在这里"，这是老外的禅机，让问的人去悟。

前者是乐观主义者、前瞻主义者，后者是现实主义者。可见在生活中，往前看的，乐观的是多数。

其中有一位哈佛大学法学院女教授伊丽莎白在回答记者该如何对付华尔街时，她只说了四个字："放火烧掉！"

记者瞠目，围观者瞠目。

我以为女教授的话固然令人瞠目，恐怕也半是发泄，半是好玩。再说，这里不是哈佛的课堂。

前面两者和哈佛教授的回答不都是禅吗？

或者说，这是诗也是禅，是禅的外道。

国产的禅另有一番味道。引一则唐代石头希迁禅师与药山惟俨禅师的对话：

> 一日俨师坐次，石头睹之问曰："汝在这里作么？"曰："一切不为。"石头曰："恁么即闲坐也？"曰："若闲坐即为也。"石头曰："汝道不为，且不为个甚？"曰："千圣亦不识。"石头以偈赞曰："从来共住不知名，任运相将只么行，自古上贤犹不识，造次凡流岂可明？"

对，很对，他入了禅。

可见，凡人，也就是我们，都是"木鸡"一样的呆鸟——只有禅家，是明白人。

禅家怎么"为"呢？且读唐末布袋和尚（契此）的偈语：

> 一钵千家饭，孤身万里游。
>
> 青目睹人少，问路白云头。

其实，仔细品味起来，国产的禅与进口的洋禅虽然在表现形式上不同，但根本上还是相通的。都不能说破，而只能意会，你得进入状态，自己慢慢去地领悟，去体味。

下棋，是我们生活中的一大消遣。唐代画家张彦远《历代名画记》卷二《论鉴识、收藏、购求、阅玩》说："不为无益之事，则安能悦有涯之生！"胡适先生在纽约当寓公的时候，就常常陪太太搓几圈麻将。

早些日子读梁实秋先生的散文，我发现他好像是一位不折不扣的棋迷——他下的是象棋。而且，似乎棋术也不是太高明。要不，怎会把下棋的妙趣，说得那么入骨，叫人忍俊不禁。他说：

> 当你给对方一个严重威胁的时候，对方的头上青筋暴露，黄豆般的汗珠一颗颗地在额上陈列出来，或哭丧着脸作惨笑，或咕噜着嘴作吃屎状，或抓耳挠腮，或大叫一声，或长吁短叹，或自怨自艾口中念念有词，或一串串地噎嗝打个不休，或红头涨脸如关公，种种现象，不一而足。这时节你"行有余力"便可以点起一支烟，或啜一碗茶，静静地欣赏对方的苦闷的象征。

他因此悟出下棋的乐趣是："和人下棋的时候，如果有机会使对方受窘，当然无所不用其极，如果被对方所窘，便努力做出不介意状，因为既不能积极地给对方以苦痛，只好消极地减少对方的乐趣。"

读到这里，令人忍不住发笑，此公真是一位妙人也。

我想，他是一定有过这样将输还未输时尴尬的体验的。下棋如此"残酷"，倒是人性"好斗"的一个表现。

明末清初大学者钱谦益有一首《观棋绝句》，却别有意味：

> 飞角侵边劫正阑，当场黑白尚漫漫。
> 老夫袖手支颐看，残局分明一着难。

梁实秋说的是象棋，钱谦益这里说的是围棋。前者是实实在在地说下棋的苦与乐，后者却是言在此而意在彼，借棋吟时事，说时局。我们有必要介绍一下钱谦益其人。

钱谦益（1582—1664），江苏常熟人，字受之，号牧斋，晚好蒙叟。学者称虞山先生。明万历三十八年（1610）探花（一甲第三名）进士及第，崇祯初官礼部侍郎。南明弘光时，谄事马士英，任礼部尚书。清兵南下，率先迎降，以礼部侍郎管秘书院事。生平博览群籍，精于史学，诗文极负盛名——这就是与秦淮八艳之一的才女柳如是（1618—1664）谱了一曲忘年之恋的钱相公。他们两位虽然名气一样大，但格调却判若云泥。一者清，一者浊，或者应该说，清者反浊，浊者反清。

所谓诗文也是人事，也是时局。"袖手支颐看"的老夫，当然是指作者自己。既是一位旁观者，又是一位局内人。显然，诗人是在谈棋，更是在谈时局，谈自己如何应付这残局。可惜我们无法了解，此诗作者作于何年何月。我想，该是作于清兵入关的前夕吧。

通观全局，"黑白尚漫漫"，局势变化难解难分。围棋一道，就正是如此。鹿死谁手，有时就看这收拾残局的本领。诗人抓住这最精彩的一刹那，把最紧张的片断截取下来，定格到双方缠战的焦点，即所谓"飞角侵边"的劫争之中。"劫正阑"，你来我往，你死我活，关系着全局的胜负。从下棋、看棋的工夫看来，钱谦益这一着是选对了，即选择了赢的一方。不过作为一位明朝显宦、学界领袖，这一着，又实在是大错特错了。

所以，郁达夫的《钱牧斋》诗批评他说：

虞山才力轶前贤，可惜风流品未全。
行太卑微诗太俊，狱中清句动人怜。

这评语很客观。

说到下围棋，我以为还是出家的和尚最超脱：

黑白谁能用入玄，千回生死体方圆。
空门说得恒沙劫，应笑终年为一先。

诗的作者是唐代诗人张乔，诗是赠给和尚的，名为《咏棋子赠弈僧》。为了一步之先，争得你死我活，看破了红尘的和尚当然"要笑"——有几个和尚懂得情趣呢。

两千多年前古希腊大哲学家伊壁鸠鲁说得最好：欢乐的贫困是件美事。

我以为，一切游戏，都是美事——不都是争一先吗？不过，对待一切游戏的态度不能游戏，而是要认真。

这个话题是从郁达夫咏钱谦益的诗想到的，在我国历史上，这样的诗文大家而晚节不保的人还有很多，我们应该有孔老夫子这样开明的胸襟。

中国人是个讲道德的民族。其实道德，说得简要一点，就是孔孟之道的礼，也就是规矩。

其实，儒家的老祖宗孔子是很通达的，没有他的弟子们那样教条和死板，那样"左"，倒是很开明。

比如，他就说过说过这样的话："有德者必有言，有言者不必有德。"（《论语·宪问第十四》）这是他的"左派"隔代弟子们难以接受的——这样的话别人不敢说。

钱锺书先生在《谈艺录》中说得很好："固不宜因人而斥其文，亦只可因文而惜其人。何须固执有言者必有德乎。"

比如曹操，在京剧舞台上是一个十足的坏人，说他好话的史家也不多，但他的诗好极了。在诗史占有重要的地位，是一份宝贵的文学遗产。我们尽可以不喜欢其人，但不能否定其诗。

历代历朝以来，在艺术上这样的事举不胜举。宋代的蔡京是个大奸臣，但写得一笔好字。宋四家，他是有一席之地的。后来弄书法史的人把他从宋四家中请走了，换了另一个姓蔡（蔡襄）的。其实，他的诗也写得极好，但选家没有人敢选。所以现在我们已经很难见到了。

我的故乡湖南有一个很古老的名胜叫"浯溪"，虽是一条不大的河流，但却是由长沙去永州，也是通往广西、贵州等处的必经之地。因此，到过那里的文人墨客很多，柳宗元是最有名的一位，他

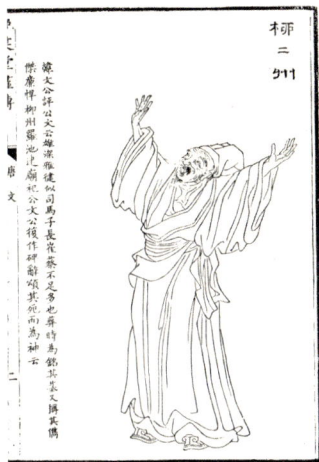

柳宗元（773—819），字子厚，唐文学家、哲学家，唐宋八大家之一，曾贬永州，后迁柳州，故称"柳二州"

贬谪永州时写有《游黄溪记》："其间名山水而州者以百数，永最善。环永之治百里，北至于浯溪。"我在选编《三湘纪胜》时，尤记得江边壁立的由唐文学家元结撰文、书法家颜真卿书写的《大唐中兴颂》碑，因其文奇、字奇、石奇而被誉为"摩崖三绝"，至今犹存。

唐代蔡京任岭南节度使时，留下一首《假节邕交道由吴溪》诗：

> 停桡横水中，举目孤烟外。
>
> 借问吴溪人，谁家有山卖？

诗的确写得很好。不过，最后一句，"谁家有山卖"，到处都想置地，把好山好水都变成自家的财产，是不是也留下了几分把柄叫后人去做文章呢？注意：唐蔡京（《全唐诗》存诗三首）非宋蔡京，此吴溪（估计在今广西南宁附近）也非我老家的浯溪，后人

往往容易将二者混为一谈。

明朝的王铎也是一位志节不高的大书家，也有好一段日子无人问津。钱谦益也是一位志节不高的大学者。郁达夫先生上述那首《钱牧斋》诗爱恨分明，褒贬得宜，而出之以情。真是大家风范。

我以为孔老夫子给我们定下了道德的底线，应该有此依循，可以留下许多的宝贵文学艺术遗产。

写浯溪最好的当然要算元结，浯溪之名就出自于他任道州刺史（763年）期间所写的《浯溪铭》：

湘水一曲，渊洄傍山。山开石门，溪流潺潺。山开如何？巉巉双石。临渊断崖，夹溪绝壁。水实殊怪，石又尤异。吾欲求退，将老兹地。溪古地荒，芜没已久。命曰浯溪，旌吾独有。人谁游之，铭在溪口。

这段铭文刻在浯溪溪口处，今天也依然完好。中国最荒僻落后的地方，却出了几位大名家：宋代大学者莲溪先生周敦颐，南宋淳祐元年特科状元吴必达，还有晚清大书法家何绍基，都是道州（今永州道县）人。是不是与浯溪，以及浯溪留下的深厚的文化历史和人文活动多少有些渊源呢？

扯下去就离题了，打住吧。

一部小说如果刻画的内心生活越多，表现的外在生活越少，那这部小说的本质就越加高贵、深刻。以故事取胜的小说尚且如此，何论诗歌？诗歌是情的外化，心的咏叹，灵的梦幻，情感的光焰，那里能容得下对事与物的喋喋滔滔。

前面曾经说过，任何事物都不是绝对的。下面短短一首七绝，写男女偷情的情状，就是一例。全诗四句，句句写人物。写行，写听，写动态，写情境，几乎全部写外部情状。内心活动一句也没有写。全让给读者去体会领悟。

诗人有没有这种本事，即使有，恐怕也不会在世人面前公开自己的隐私。下面这一首，我们就不知道作者是谁。以"无名氏"名之。无美无丑，任人评说。

不过，我觉得这更像是一位偷窥者的杰作。我们且来读诗：

两心不语暗知情，灯下裁缝月下行。
行到阶前知未睡，夜深闻放剪刀声。

这是一幕很有戏剧性的小品剧。这短剧里只有两个人物：一个是裁缝，另一个也是裁缝。这一点，我们从听放而未放的剪刀声里就可以"听"出来。

"两心不语暗知情"者，当然是男女之情了。否则，何必"暗"呢？不过是还没有点破也。这短剧其实只有一个人物在舞台上正面进行。动作很简单。先是"月下行"，再是"阶前等"和"窗下听"。等什么听什么呢？等放剪刀的声音。因为是"暗"，是怕人撞见，不能大模大样地进去，只好偷偷地等，只能焦急地听。而且，一直等到夜深。第二个人物并没有出场，或者说，读者都有好奇心，偷窥欲，心情同前面那个裁缝一样，也焦急地等着她出场呢。显然，两人之间，是通过各种巧妙联系，彼此是"心有灵犀一点通"的。要不，那位先出场的裁缝怎么会深更半夜地傻等呢？诗的语言张力正在这里：那一声揪人心动的放剪刀的声音，我们是听不到的。

我们只是被带到了那个特定的情境下，同当事人一样等得焦急，等得难耐。正因如此，这戏剧就越发具有耐人寻味的力量，教人悬念。

因为情急，性急，心切，意切，所以，这诗粗朴，带几分原初的野性。

外行写诗，粗人写诗，就是这个样子。因为真，又没有挂碍，跳过了情的扭扭捏捏，越过了语言的吞吞吐吐，反倒成就了一首好诗——虽然少了点含蓄。

现在一些所谓的戏剧电影电视，一个劲地写动作。就是不懂得停下来写"等"，写"听"，写"想"。中国的京剧，西方古典歌剧，真正流传千古、荡人心魄的唱段全是静下来的大段内心独白。这首小诗之所以妙，就妙在这里。

西方一位作家说过一句名言，写小说的诀窍，就是教人等，教人哭。正是这个道理。等待的过程才有戏剧性，听到了剪刀

《偷情之趣》（林建 绘）

放下的声音，知道了事情的结果，就没有戏，意趣也就索然了。所以，我认为这是一首"小说诗"，或者"诗小说"。

这戏的前半出，清人散曲【北仙吕·游四门】写得也同样精彩。我引在下面：

离离淡月打初更，有约暗通情。遮遮掩掩穿芳径，夜色不分明。轻，咳嗽了两三声。

"有约暗通情"，才会有等，否则，就是一厢情愿地傻等，空等，白等。有约暗通情的等是有报偿的等。每一个经历过恋情焦虑的男女，谁没有过这种等的不安和快乐呢。等，何止只有焦虑、热恋中的男女甘于享受这焦虑，正是因为有随之而来的快乐。

说句实话，年轻时，我就曾经这样痴痴地、也快乐地等过许多回。

作家们哪一个不写情，不写情就没有了文学没有了诗。

元代大戏剧家关汉卿是写情的高手。他对男女之间微妙细致的情描绘得入木三分。他有一首【一半儿】（《题情》四首其二）的小令，很有味，抄在下面，供热恋中的朋友们去学学，让男人懂得女人，女人懂得男人，以免我们会错了意，错失了良机。

碧纱窗外静无人，跪在床前忙要亲。骂了个负心回转身。
虽是我话儿嗔，一半儿推辞一半儿肯。

【一半儿】这个曲牌在元曲中很常见。这一出很有情味的男女偷情的短剧，短短的三十七个字，人物、性格、动作、语言、情状、气氛，重要的情节，全有了。男人的猴急火燎；女人的半嗔半爱，半推半就，又爱又恨。一急一缓，男女之情，尽现眼前。

随着时代的进步，女人的骂和嗔，男人的跪和求，大概也有了些改变，怎么个变法呢？

前些日子，在电影里看到：一个摩登女郎一把抓住一个男人的领带，只一拽，把那冤家紧紧地拽到自己怀里来，然后，便着急忙慌地替男人宽衣解带——看得人心惊胆颤。

这是当代青年男女们时髦的爱情——他们省去了许多麻烦，但也可惜少了些回味和诗意。

说到女人对于情的主动和勇敢，其实，也不是始于今天。人性之常，无古无今，古今一也。痴情女子，代不乏人。例如下面这首曲词，就是痴情女子的杰作。这女子也不想留名千古，或者，也许是不想暴露自己的隐私。以"佚名"代名，给我们留下几分遗憾。曲牌叫【锁南枝】，我给它取了个诗名，叫"和泥巴"。

> 傻俊角，我的哥，和块黄泥捏咱两个。
> 捏一个儿你，捏一个儿我。
> 捏得来一似活脱，捏得来同床上歇卧。
> 将泥人儿摔碎，着水儿重和过。
> 再捏一个你，再捏一个我。
> 哥哥身上也有妹妹，妹妹身上也有哥哥。

诗有两类，一类没有情节，只是写景抒情；一类有简单的情节，如上面一首。诗无定法，两者各尽其妙。单纯而生动的情节，能给人以强烈的印象。像本书中提到的唐人金昌绪的"打起黄莺儿"（详见【陆五】《诗有别格》），就也是一首采用这种手法的好诗。

心中的傻哥哥没在身边，痴情的小女子想得不可开交，怎么排解孤寂？那时候没有因特网，没有电话，当然就更不像现在，人人有手机，个个有电脑，可以发

《和泥巴》（林建 绘）

短信，网上交谈。于是，想来想去，百无聊赖，想出了一个办法：和泥巴捏出一个人儿来。

先捏一个你，再捏一个我，还把这两个人弄到床上"歇卧"，一起亲热。然后，想想还不够意思，没有尽兴。于是，又把这捏好的揉成一团，重新捏一个你，捏一个我。这样一来，哥哥身上有了妹妹，妹妹的身上也有了哥哥。

由此，我们不禁要想入非非起来。小女子之痴情如此，要是在今天，他的傻哥哥该如何消受？

作诗，讲究含蓄，所谓言有尽而意无穷。此诗一点也不含蓄，而是露，是唯恐说而不尽，唯恐不把自己的心里话全掏出来，肝肝肺肺，让你看个明白。

带着浓厚的原初的民间歌谣，常常如此坦率和直白。陕北的许多民歌就有这种特点。有名的《走西口》，小妹妹的感情何等热切。其实，还有比那位小妹妹更大胆的。写出来有几分粗俗，我真不忍心给下这个"俗"字。

那小妹妹唱道："肉坨坨的奶子红生生的嘴，为啥就留不住哥哥你？"

这种原初的带着浓浓的泥土气的民间口头文学，不就是文学的父亲母亲？难道，这不比现在那些网上的"文学"更淳朴，更浓烈，更粗犷，也更真实，更有味吗？

有人说，在不开放的时代，男人追女人，在开放的时代，女人追男人。其实，也不尽然。上面那个痴妹子就是。

清袁枚《答蕺园论诗书》："且夫诗者，由情生者也。有必不可解之情，而后有必不可朽之诗。情所最先，莫如男女。"说得最好。

但是，人类愈进化，科技越发达，爱似乎也跟着贬了值，变了味，女人男人愈失了尊严与诚实，看看那些乐于被媒体大炒恶炒的影星歌星，在名利场中追逐的身影，以及那扭捏作态的种种表演，你还能指望人间真情，还奢谈什么爱？

童趣，最有味。味在真，味在本色。人到了老年，返璞归真，跟儿童相近，对童趣了悟最深，写出诗来，情真，味醇。

这里，我要介绍读者去读读《儿童杂事诗图笺释》。这是一本妙书，由周作人作诗，丰子恺作画，钟叔河笺释。顺手拣出下面一首《陶公出语慈祥甚》，我们来读读：

但见栗梨殊可念，不好纸笔亦寻常。

陶公出语慈祥甚，责子诗成进一觞。

我以为，今天我们许许多多望子成龙的父母们，爷爷奶奶们，应该好好地学学陶渊明先生，这位老爷子对待儿孙辈的态度——是何等的宽容慈祥和超脱可敬可爱啊！

督促贪玩不争气的儿子读书作文写诗，是老一辈最烦心的事。烦心事其实也是最有乐趣的事。我们面前的这位陶公就是如此。我们来读读原诗，《责子》诗曰：

白发被两鬓，肌肤不复实。

虽有五男儿，总不好纸笔。

阿舒已二八，懒惰故无匹。

阿宣行志学，而不爱文术。

雍、端年十三，不识六与七。

通子垂九龄，但觅梨与栗。

天运苟如此，且进杯中物。

读到"且进杯中物"，忍不住我要笑出声来。陶公比那位九岁的小儿子更可爱。

历来读懂此诗的，或者说，能够理解陶公这种态度的不多。黄山谷是知音。他说："观靖节此诗，想见其人慈祥戏谑可亲也。俗人便谓渊明诸子皆不肖，而愁叹见于诗耳。又曰：杜子美诗：'陶潜避俗翁，未必能达道。观其著诗篇，颇亦恨枯槁。达生岂是足，默识盖不早。有子贤与愚，何其挂怀抱。'子美困顿于山川，盖为不知者诟病，以为拙于生事，又往往讥宗文、宗武失学，故聊解嘲耳，其诗名《遣兴》可知也。俗人便谓讥渊明，所谓痴人前不得说梦也。"

初初一读，我们只看到陶渊明的五个儿子，全都是顽劣之徒，老大懒惰，老二也不爱作文，老三、老四都有几分愚，老五则只知道好吃。该让陶公怎么办呢？

他的态度跟我们现在的做父母的不同，是"天运苟如此，且进杯中物"。任其自然，依然故我，自得其乐，饮酒如常。这种放达超迈的态度，岂止如山谷先生所说"慈祥戏谑可亲也"，而是一种大诗人的人生大境界。

宋代大诗家陆放翁又不同，倒果然是一位极有情致有趣味的慈父。他说："自怜未废诗书业，父子蓬窗共一灯。"（《白发》）父子共读的情景，有情有趣，更有味的是："诗成赏音绝，自向小儿夸。"（《即事》）自己做好了诗，没有别人欣赏，拿来在儿子面

《父子蓬窗共一灯》（林建 绘）

前夸耀。这样老来天真的诗人，今天到那里去找？

真是妙人也。

做父母的，哪一个不望子成龙呢？今天的父母看见儿女考上了大学、研究生，哪一个不奔走相告，摆酒请客？这是不是慈祥可爱，我说不准。至少，我这个父亲不做这样的事。

周作人先生是另一种可爱。儿子作了一首好诗，我为之高兴。怎么高兴法，也是从陶渊明那里学来的，自己满满地喝一杯酒。

前面说到"老莫端庄"，这就是典范。

童趣诗，写的人很多。陆放翁、辛稼轩、王季重、郑板桥就都是这样的父亲，都写了许多好诗。如辛弃疾《清平乐》词："最喜小儿亡赖（即无赖，玩皮之意），溪头卧剥莲蓬。"

懂得儿童的人是最人性化的人，也是最有人情味的人。

不记得是谁说过"少要端庄，老莫张狂"这样的话，我很不以为然。我以为不妨改为"少莫端庄，老要清狂"。小孩子天真活泼，像个小老头似的，有什么意思，大了也不会有创造力——即便读了满肚子的书。

而人到了晚年，就更不要装模作样地端架子了。不妨像陶渊明、陆放翁一样。白居易两句诗，说尽了此中趣味："放眼看青山，任头生白发。"（《洛阳有愚叟》）一个"放"，一个"任"，何等洒脱，说尽了人生晚年的达观态度。

这是一种人生的大境界。

〔贰三〕 童年的梦

明代大学者李贽《童心说》："天下之至文，未有不出于童心焉者也。"

童心即诗心也。美国心理学家罗杰斯说："健全完善的人大都具有童心，他们的行为颇像婴儿，他们依照内在的机体估价过程而不是外来的价值条件生活。他们拥有一个纯洁的自我，一个真正的善。"

童心诗心与至性至情是一致的，可谓至理名言。

每一个人都有各自不同的童年，每一个人都珍惜自己的童年。即便是苦难，饥寒，也都有许多终生难忘的趣事，珍藏在记忆的最深处。据心理学家们研究，童年生活打下的心理印迹，对于性格、爱好、趣味等方面的影响，追随人的一辈子。

画家黄永玉在《快雪图》上有这样一段题跋，谈儿时故事，很有味：

忆儿时随家严及叔伯辈，至城外廿里处，夜观傩戏。忽大雪，观众顶雪而赏，至夜阑剧终，家严携余踏雪而归。穿涧傍岩，行至半途，忽月出，蓝天中无余片云。众随意坐石上，肃穆而对月不发一言。届时也，余忽溲急。家严怒余曰：俗不可教。对此景象百年难逢，尔态若此，成人后将必后

《童年的梦》（林建 绘）

悔。倏忽五十余载，行遍天涯，果未逢类似景象。然从不后悔也。甚奇。辛酉春日。

真是一篇妙文。

不就是月色如银，雪光如洗的晚上，撒了一泡尿，受了父亲的训斥吗？这一段并不怎么惊天动地的小事，画家五十年后还记忆犹新，这是奇事吗？这不就是"他们依照内在的机体估价过程而不是外来的价值条件生活"吗？在儒教认为大不敬的情境下，做自己的寻常事吗？有什么要后悔的呢？

我们来看看另一位人物的"奇"。

秦朝丞相李斯被赵高陷害，被腰斩于咸阳郊外之渭水北岸。《史记·李斯列传》："斯出狱，与其中子俱执，顾谓其中子曰：'吾欲与若复牵黄犬俱出上蔡东门逐狡兔，岂可得乎？'"

人之将死，其言也哀，其言也善。李斯风光一世，多少大事要事全都抛诸脑后，记起的却是一件外人看起来微不足道的童年趣事：同儿子牵着黄狗追兔子。用黄永玉的话说：甚奇。

奇在哪里？童年是人一生中最美好的时期，童年故事是最令人刻骨铭心的。愈近生命的暮年，对童年故事最为向往。童心的回归，是人性中的天然。"牵黄犬，逐狡兔"，何等欢畅，是生命活力的大奔放、大张扬。

童年天籁，痴顽无邪，不懂事，却常常惹事。在经历过同样童年的长辈们看来，常常会因此想起自己的童年，便成了趣味。

宋代诗人杨万里的《闲居初夏午睡起二绝·其一》，平实而有味：

梅子留酸软齿牙，芭蕉分绿与窗纱。
日长睡起无情思，闲看儿童捉柳花。

最喜小儿无赖，溪头卧剥莲蓬

《溪头卧剥莲蓬》（林建 绘）

"捉柳花"，儿童嬉戏也。诗人安闲得有几分无聊，午睡起来，懒懒的，什么情思也引不起来，却痴痴地看孩子们捉柳花嬉戏。仔细想想，我们会发现，在"闲看"之中，不也透露诗人对于自己童年生活的追忆与怀想？他是带着几分爱心，几分羡慕之心的。

同是宋代的大词人辛弃疾《清平乐·村居》写儿辈们的痴顽更妙：

> 茅檐低小，溪上青青草。醉里吴音相媚好，白发谁家翁媪？ 大儿锄豆溪东，中儿正织鸡笼。最喜小儿亡赖，溪头卧剥莲蓬。

大儿子在劳作，二儿也没有闲着，"最喜小儿亡赖，溪头卧剥莲蓬"。

大诗人也好，老父亲也罢，人性在这里最真。一个"卧"字，透出小儿童年天真无邪、贪玩好吃的天性，也透露出诗人对自己童年生活遥远的追忆。

中国人有句俗话，小孩子望过年。为什么？因为过年热闹，大人不要出外谋事，小孩可以尽情地玩，全家，全村，不，甚至整个世界都有了喜气。鞭炮，焰火，玩狮子，耍龙灯，还有各种吃食。过年的十来天，孩子们特别受宠，穿新衣，戴新帽，压岁钱，即使淘气顽劣，不小心犯错，也受到格外的宽容。其实，端午节的粽子有什么特别的味道？中秋的月饼，还有元宵之类也不过如此。但它们就是这样甜甜地牵动我们的情怀。门楣上的大红对联，窗纸上的大红喜字，门神，桂花酒，艾叶，额角上点雄黄，这些藏着许多神奇和故事的点点滴滴，织成一幅浓浓的童年图画——牵着大人的手，兴高采烈地到高高的河岸上，挤到人群中去。看那些打扮成武士一样的划龙舟的水上健儿，那"咚咚"催人热血奔涌的鼓点，至今还敲得我们兴奋不已。我们多么希望放松平日板着的那副面孔，像孩子一样调笑打闹一番，游戏一天。

每一个人的童年生活都有许多有趣的记忆。而过年，过节，在我们的心里，总有一份甜甜的温馨和感动。

在诗人笔下是什么样子。那些带几分顽劣的恶作剧，那些淘气的吵闹，那些无知却充满了天真的玩乐，在诗人们的笔下，简直就是一幅天籁图。我们来读读杨万里的《稚子弄冰》：

> 稚子金盆脱晓冰，彩丝穿取当银铮。
> 敲成玉磬穿林响，忽作玻璃碎地声。

纪实，写人，描形，绘声，写得栩栩如生。

一群孩子在林间奔跑，手里提着圆圆的像铜锣一样的大冰块，嘴里不住地"当当当"地嚷着，跑着，追着，笑着。忽然，"哐"的一声，玻璃碎地，于是，哄然一阵大笑。

法国哲学家德里达说："诗是一个把自己卷缩起来的球。"这话有几分玄。这卷缩起来的球又是什么呢？他解释说，是记忆与心灵。

不是吗？孩子们的欢乐感染了诗人。诗人老了，他在想些什么？在回忆自己的童年吗？这一份邈远的情，在记忆中，在诗外，让我们细细地玩味。在这里，我要向诸位介绍周作人《儿童杂事诗》乙编第十七首的《翟晴江》。写儿童的痴顽，最有味：

> 不攻异端卫圣道，但嫌光顶着香疤。
> 手携三尺齐眉棍，赶打游僧秃脑瓜。

他们玩冰、玩火、玩水、玩泥巴、玩蚂蚁，玩一切好玩的东西。他们看见和尚的光头，也觉得有趣。顽童们知道什么？他们淘气、天真、可爱，又有几分可恨。他们更不是为了"卫道"，也不懂得什么是"卫道"，当然，他们也不是坏，而只是顽劣：和尚没有惹你，他的光头碍着你了吗？你去追什么呢？

黄遵宪是晚清的一位外交家、思想家和政治家，更是诗人，喜以新生事物熔铸入诗，有"诗界革新导师"之称。他有一首《养

《小儿欢曳鳄鱼归》（林建 绘）

疴杂诗·其九》，也是写儿童游乐顽劣的：

桃花红杂柳花飞，水软波柔碧四围。
五尺短绳孤棹艇，小儿欢曳鳄鱼归。

此诗没有一个多余的字，字字有力，字字得当，一个"欢"字，把小儿们一路嘻嘻闹闹、欢欢跳跳的情景表现得淋漓尽致。这些小儿也真够大胆，也够威猛，不过有几分危险，怎么就让这位老先生看见了呢!

苦也有趣吗?

我们平常说"苦中作乐"。苦既然逃不掉,躲不脱,自己再犯愁不是苦上加苦,又有什么用呢?苦中寻乐,化解这无法逃脱的苦难,是一种达观的态度。但说说容易,实行起来就难了。

苦有两种,一是生活的苦,一是精神的苦。精神的苦最难消受。二十世纪五六十年代的"胡风分子""右派分子",还有这样、那样的"反革命分子",两种罪都逃不掉。精神上的折磨更是痛苦不堪。本人没有那种"幸运",只受了些"文革"的罪,至今记忆犹新。

现代杂文家、诗人聂绀弩先生被打成"胡风分子",从五十年代起,一直到八十年代初的二十余年,批判、斗争、劳动改造、蹲监狱、挨饥受饿,还有种种精神折磨。然而,其最为可贵之处是:他没有潦倒,没有颓废,没有放弃追求。始终保持一个知识分子高尚的人格和尊严,在困境中酿苦成歌,从而消解那无尽的苦况。

他的办法是:乐观,再乐观。他的乐趣是写诗,他消解苦难的办法也是写诗。而且,写出了开一代新风,创诗歌别格的旧体格律诗。他在苦难中寻找乐趣，在辛酸里调笑现实，在日常口语中挖掘机敏，在对仗中发现绝妙，在格律上追求严谨，在平凡中提炼诗趣，达到了前人未至的境界。

我们来读几首：

野鸭冲天捉对飞，几人归去路歧迷。

正穿稠密芦千管，奇遇浑圆玉一堆。

明日壶觞端午酒，此时包裹小丁衣。

数来三十多三个，一路欢呼满载归。

芦苇丛中，意外捡到三十三只野鸭蛋，何等开心。"正穿"对"奇遇"，"稠密"对"浑圆"，"芦千管"与"玉一堆"，顺手拈来，自然天成。而"明日壶觞端午酒，此时包裹小丁衣"，纯以现成口语，也堪称绝对。音韵节奏与欣喜之情妙合无痕。《拾野鸭蛋》，是他下放在北大荒劳动时的作品。还有如《推磨》《搓草绳》等，都是令人忍俊不禁而又心酸不已的作品。诗人把唐宋以来到今天已经式微的律诗，翻到了一个新的领域。绝对妙联，叫人耳目为之一新。如写搓草绳：

冷水浸盆捣杵歌，掌心膝上正翻搓。

一双两好缠绵久，万转千回缱绻多。

缚得苍龙归北面，绾教红日莫西矬。

能将此草绳搓紧，泥里机车定可拖。

像这类精神和体力要经受极大苦痛的生活和劳动，到了诗人笔下，也成了"风流"，"一双两好缠绵久，万转千回缱绻多"，句句写搓草绳，却又句句有别意。极辛苦又简单的劳动，都写得生动有趣而又深藏着一种无奈的苦楚。我们再来看看他是怎么"推磨"的：

《搓草绳》(林建 绘)

百事输人我老牛，惟余转磨稍风流。

春雷隐隐全中国，玉雪霏霏一小楼。

把坏心思磨粉碎，到新天地作环游。

连朝齐步三千里，不在雷池更外头。

句句写实，写推磨，像老牛一样，围着五尺磨台转，这风流，是自嘲，更是嘲人。把苦痛转化，把无奈消解？换一个角度，把自己从灾难的泥沼里拔出来。正话反说，反话正说。"把坏心思磨粉碎，到新天地作环游。"人，心思，难道应该承受这样一种磨碎，作这样一种环游吗？辛酸两字怎能说得尽内心的痛苦和愤慨？其间又含着多少的批判和讽刺？结尾一句，"不在雷池更外头"，真令人拍案叫绝。这样的诗，不仅在形式上戴着手铐，而且，在思想上也是戴着沉重的镣铐。然而，他舞得那么自如，那么酣畅。杜甫的忧国忧民之痛，李后主的亡国之痛，是可以酣畅淋漓地抒发的，而聂绀弩却不能尽情抒发，他得把这痛苦变成欢畅的歌，变成歌颂的舞……

对苦难的化解，不是简单的忘却。几年前，读聂诗，想象诗人在那种境况下化苦为乐、化苦为诗的情状，原来，我以为他的办法只是转移，注意力的转移，痛苦的转移，精神的转移。最近再读，我才恍然，认识进入一个新的层次：诗人的歌、舞，是一种清醒，一种精神的超越，也是一种在彼时彼境的人生境界和超然态度。

这是一位真正诗人的人格的解放。

这是陆游诗作中一首极寻常的诗,写初夏幽居的平凡寂寞的生活。诗题就叫《幽居初夏》:

湖山胜处放翁家,槐柳荫中野径斜。

水满有时观下鹭,草深无处不鸣蛙。

箨龙已过头番笋,木笔犹开第一花。

叹息老来交旧尽,醒来谁共午瓯茶。

这是他晚年的诗,乡野闲居,也不甘于寂寞,希望有人来坐坐聊聊,可是——"叹息老来交旧尽",连一起喝喝午茶、聊聊天的朋友都找不到了。

"山穷水复疑无路,柳暗花明又一村"(《游山西村》),"何方可化花千亿,一树梅花一放翁"(《梅花绝句二首·其一》),"此身合是诗人未,细雨骑驴入剑门"(《剑门道中遇微雨》),这位情系国家、情系人民的大诗人,是何等的寂寞。

一辈子离不了诗,爱国爱民大诗人,直到临终还在叮嘱儿子(《示儿》):

死去元知万事空,但悲不见九州同。

王师北定中原日,家祭无忘告乃翁。

"叹息老来交旧尽"者,诗中流露的依然是念念不忘中原失土,记挂着"遗民泪尽胡尘里,北望王师又一年"(《秋夜将晓出篱门迎凉有感二首·其二》)的江北百姓。江南湖山胜境，又怎能让这位不能忘情于祖国命运的老诗人悠闲散淡地安居呢？

真正闲居而又散淡的，写出来就不同多了。我们来读读东坡的《鹧鸪天》：

> 林断山明竹隐墙，乱蝉衰草小池塘。翻空白鸟时时见，照水红蕖细细香。　村舍外，古城旁，杖藜徐步转斜阳。殷勤昨夜三更雨，又得浮生一日凉。

东坡是一位大境界、大胸怀也是人生大不得意的诗人。在这样远离政治中心的乡村野径，幽居之所，"村舍外，古城旁，杖藜徐步转斜阳"。何等幽闲，淡定，眼前景物"时时见""细细香"，清新愉悦。什么也用不着操心、挂念，只享受着眼前的清新，安适与平和——哦，昨夜真是一场好雨，又可以安安稳稳地睡一个好觉了。这是何等的旷达，超脱。

同样的安闲，悠闲，我们再来看看《定风波》，也有雨，而且是途中遇雨，还淋得一身透湿，但"余独不觉"。为什么？心宽也。让我们读读：

> 三月七日，沙湖道中遇雨。雨具先去，同行皆狼狈，余独不觉。已而遂晴，故作此词。

> 莫听穿林打叶声，何妨吟啸且徐行。竹杖芒鞋轻胜马，谁怕？一蓑烟雨任平生。　料峭春风吹酒醒，微冷，山头斜阳却相迎。回首向来萧瑟处，归去，也无风雨也无晴。

"回首向来萧瑟处"一句，其间有多少苦涩酸辛，多少意况，这就要联系东坡先生的生平事迹才能领会了。本文只谈诗，不充分展开，读者可读读有关东坡先生的其他著作，作进一步探讨。

东坡先生的可敬可爱，就在于这种乐观放达、超迈悠雅的风度和气质。我们能读出这诗词之妙，品味出诗人人格与情趣之妙，且爱其妙，我们就进入了真正读懂了的境界，也同时提高了自己的情趣和境界。

写闲适之趣的诗词很多。宋代另一位大家朱敦儒的词也很有特色。抄一首《鹧鸪天》在下面。比照一番，两者除了风格不同之外，根本处，还在精神与态度。

苏轼（1037—1101），字子瞻，号东坡居士，北宋文学家、书画家，唐宋八大家之一

检尽历头冬又残，爱他风雪忍他寒。拖条竹杖家家酒，上个篮舆处处山。添老大，转痴顽，谢天教我老来闲。道人还了鸳鸯债，纸帐梅花醉梦间。

东坡是精神的闲，是整个人生态度的闲。他似乎与他面对的自然融化在一起，因而，诗词里溢出几分愉悦和散淡。朱敦儒却不同，在表面平静的悠闲里，却还有几分"纸帐梅花"的醉与梦，他不经意地泄露了最隐秘的心思，隐隐地透出几分人生的无奈。

两者是不同的。

〔贰七〕 打油诗趣

　　我们常常说到"打油诗"。诗人作诗讽喻某人某事或自嘲，或某种场合即兴口占，多用口语俗语，或某联不合平仄，不协律，等等，也常称"打油"。俗趣谐趣是"打油诗"的主要特色。好的"打油诗"大俗大雅，看似粗拙稚浅，实则涵蕴无尽，耐人寻味。

　　"打油诗"的由来，别人已经说得很多，就不赘言了。

　　我们有时也喜欢同朋友们开玩笑，调侃。记得是二〇〇三年秋天，我的朋友在西安开中国水墨画四人联展。四人都是海外名家，也是我的可以开开玩笑的老熟人。他们请我去西安玩几天，我们上华山，游华清池，看兵马俑，吃羊肉泡馍，一日一宴，尽尝美味，玩得痛快极了。记得是在一次宴会上，不知怎么扯到作诗上面来。四位画家一位姓王，其余三人名字中都有一"丙（炳）"字，于是，诗便有了：

　　　　长安自古帝王都，四面城墙八阵图。
　　　　赖有一王作将帅，自摸三"饼"便成胡。

　　此诗无褒无贬，无关讽喻，纯属好玩，切合长安古都风土文物。于是，举酒祝客，一席尽欢，杯盘狼藉。

许多大师级人物也常常在生活中发现好玩的事情发而为诗。用杨宪益先生的话说，"逗自己玩儿"。他的《银翘集》收诗一百余首，几乎全是"逗自己玩儿"的打油诗。如《戏答严文井兄送蛤蚧酒》：

早知蛤蚧壮元阳，妻老敦伦事久忘。
偶见红颜犹崛起，自惭白发尚能狂。
久经考验金刚体，何用催情玉女方。
圣世而今斥异化，莫谈污染守纲常。

也许，有人会认为，这位大翻译家、大学问家是儒家诗教的叛逆，可真够野的。他把汉语语言运用到炉火纯青地步：红颜、白发、金刚、玉女，对仗工整，崛起、催情之类，语带幽默，调笑自如，大俗大雅，正是大家气象。

这是打油诗中的妙品。

启功先生是另一类，好玩的不好玩的都可以入诗。他说："我的许多诗，都是在很难过的情况下写的。即便是打油诗，那也是化悲痛为玩笑。"如《乘公共汽车》八首，就是这样的好"打油"。

我们引一首词《鹧鸪天》：

这次车来更可愁，窗中人比站前稠。阶梯一露刚伸脚，门扇双关已碰头。 长叹息，小勾留，他车未卜此车休。明朝誓练飞毛腿，纸马风轮任意游。

悲痛则未必，烦恼倒是有一点。启老没有杨大师那么野，那么粗豪，用文雅的打油语言自娱自乐，自我消解——这就是大师风范。这两位爱作打油的大师，以打油相往来，就更好玩了。让我们看看杨的《和启老韵一首》：

平安归北里，寂寞又秋风。

乍觉诗情减，初惊裤带松。

毛长知马瘦，人去叹楼空。

且饮白兰地，抛却可的松。

妙对如珠，纯用口语，合撤押韵，自然流丽，"诗情减""裤带松"，"白兰地""可的松"，这样的妙对顺手拈来，真不愧语言大师——亏他想得出来。

打油诗既能自嘲，亦常用以嘲人，同朋友开玩笑。清代褚人获《坚瓠三集·弄瓦诗》记载：无锡邹光大连年生女，俱召翟永龄饮。翟作诗云：

去岁相招云弄瓦，今年弄瓦又相招。

寄诗上复邹光大，令正原来是瓦窑。

生男曰"弄璋"，生女曰"弄瓦"。璋是美玉，旧时重男轻女的观念，不仅在语言上，也表现在文字上。不过，这位翟先生不仅在诗中直称其名，近乎卖弄，还如此刻薄，离"逗自己或朋友们玩儿"就远了，有些不太厚道。

这是不值得我们仿效的。

写到启功先生的《鹧鸪天》词，倒使我记起了宋代大诗人黄庭坚一首很有味道的《鹧鸪天》：

> 黄菊枝头生晓寒，人生莫放酒杯干。风前横笛斜吹雨，醉里簪花倒着冠。 身健在，且加餐，舞裙歌板尽清欢。黄花白发相牵挽，付与时人冷眼看。

大书家、大诗人黄山谷的一生，恐怕真是可以用痛苦挫折坎坷来概括。

"桃李春风一杯酒，江湖夜雨十年灯"（《寄黄几复》），这是他的名句，连东坡先生也赞赏不已。这种清狂傲世的性格与放达不羁的人生态度，形之于其诗词，于其书法，极具个性风格。在表象的放浪骄纵、蔑视礼法下，体现出一种豪放达观的大境界——融童真与老熟于一体，雅与拙、生与熟之妙合也。

诗人都是性情中人，黄山谷更是。"风前横笛""醉里簪花""倒着冠"者，岂止是醉态？"且加餐""尽情欢"者，我自任情任性，而至于"黄花白发相牵挽"，则更是对时人冷眼的一种豪放旷达的轻蔑。当然，我们只是就诗说诗，其实，如果我们更多地了解黄山谷所生活的那个时代和他个人的人生遭遇，我们就能了解，这背后，隐藏着诗人内心的大悲哀。

"黄花白发相牵挽，付与时人冷眼看"。没有扫除一切传统俗见的大学识、大才气与大智慧，不敢发此狂言，只有黄庭坚——一位最张扬个性的诗人。

生活，是对本身及其周围世界的不断发现，生活也是在世界中发现自己。也可以说，生活就是我们的本质，我们自己。

黄山谷是真性情的诗人，我们在他的诗中不仅发现了他的生活，也发现了他的自己。如果，我们拿另一首他的名作《登快阁亭》相互参照，对这个人我们会发现得更多，认识得更清楚。

痴儿了却公家事，快阁东西倚晚晴。

落木千山天远大，澄江一道月分明。

朱弦已为佳人绝，青眼聊因美酒横。

万里归船弄长笛，此心吾与白鸥盟。

颔联是脍炙人口流传千古的名句，大手笔，大眼界，既是眼前实景，也是诗人胸中的大气象。

"佳人绝"，"美酒横"；有几分失落，几分自豪，坦坦荡荡，真性情，快人快语，豪气干云。

"弄长笛"，"白鸥盟"；则又是一种散淡情怀，超逸态度。虽然，隐隐透出几分失意与落寞。

有个性必有面貌，诗画皆如此。反过来说，没有个性就没有诗画，即便硬作，也是庸庸而已。

一部诗史、画史、书史，留下来的好东西全是个性。——没有个性的艺术是短命的。

宋诗以苏、黄并称，即与此大有关系。他们两位的书法也挺拔一代，流传至今，究其实，就是个性。所谓"聊取丹青意，写我苍莽胸"（袁枚《题叶花南庶子空山独立小影》）也。

黄庭坚（1145—1105）：字鲁直，号山谷道人，北宋诗人、书法家，苏门四学士之一

　　黄山谷为许多江西派诗人尊为领袖人物，我们读读这两首，也就够了。因为，他是真的在"做"诗，对诗太过在意，太过做作寻觅，字句雕琢，甚至追求什么字字有来历，寻险求怪，还喜欢弄典，几乎到了走火入魔的地步。江西派诗人都学他，同样患了这个"做"的毛病。这样的结果是，离诗的本质真趣——真性情就慢慢地，也越来越远了。

　　说到这里，我要引用王士禛《池北偶谈·论坡谷》中借用时人杜文轩（不知是何方神圣）的妙喻，来评价两人的风格与气象。他说："杜文轩论苏黄云，譬如丈夫见客，大踏步便出去，若女子便有许多妆裹。此坡谷之别也。"

　　这位杜先生好眼力，妙比喻，两句话胜过千言万语。

诗是长出来的

启功先生在《论诗笔记》一文中说："仆尝谓，唐以前诗是长出来的；唐人诗是嚷出来的；宋人诗是想出来的；宋以后诗是仿出来的。嚷者理直气壮，出一无心；想者熟虑深思耳，以有意耳。"

只有对我国诗史有透彻领悟的大家，才能有如此深切精妙的高度凝练而形象的表述。

关关雎鸠，在河之洲。窈窕淑女，君子好逑。

——《诗经·关雎》

采菊东篱下，悠然见南山。

——陶渊明《饮酒·其五》

池塘生春草，园柳变鸣禽。

——谢灵运《登池上楼》

何等天然质朴，何等从容，平淡而凝练，冲和而真挚，高古清新，无事修饰，这种从民间来，从生活中来的诗，不是从土里、水里长出来的吗？

前不见古人，后不见来者。

念天地之悠悠，独怆然而涕下。

——陈子昂《登幽州台歌》

醉卧沙场君莫笑，古来征战几人回？

——王翰《凉州词二首·其一》

燕山雪花大如席，片片吹落轩辕台。

> ——李白《北风行》

但使龙城飞将在，不教胡马度阴山。

> ——王昌龄《出塞二首·其一》

大漠孤烟直，长河落日圆。

> ——王维《使至塞上》

荡胸生层云，决眦入归鸟。会当凌绝顶，一览众山小。

> ——杜甫《望岳》

何等气势，何等襟怀，豪情与感慨，又何等自然浑厚，不是从胸中放声高歌，喊出来的吗？

到了宋人手里，就只有想，只有做了，已经渐入下风了。

所以钱锺书先生在《宋诗选注·序》中说："有唐诗作榜样是宋人的大幸，也是宋人的大不幸。"

可见，诗要自然，要有天趣，要有想象，要有才情。时代在诗的身上留下了历史的足迹和印记。就是苏东坡、陆游、辛弃疾这样的天才，也无法像唐代诗人那样，唱出那个时代的最强音。当豪放派大词人辛弃疾高唱"乘风好去，长风万里，直下看山河"（《太常引·建康中秋夜为吕叔潜赋》）这样"金戈铁马，气吞万里如虎"（《永遇乐·京口北固亭怀古》）的壮歌的时候，我们也只能遗憾地说，"西风残照，汉家陵阙"（李白《忆秦娥》），已难挽时代与诗歌的颓势了。

钱锺书先生的"大幸"和"大不幸"论，真知灼见也。

王国维《人间词话·第五十四则》："四言敝而有《楚辞》，《楚辞》敝而有五言，五言敝而有七言，古诗敝而有律绝，律绝敝而有词。……一切文体所以始盛终衰者，皆由于此。"

石壁望云
老松

李白诗意　千广

最能代表唐代时代精神的是诗，而最具代表宋代时代精神的是词。

王国维说的"此"，乃时代的流变也。

明清之际思想家顾炎武在《日知录·诗体代降》中说："《三百篇》(指诗经)之不能不降为《楚辞》，《楚辞》之不能不降为汉魏者，汉魏之不能不降而六朝，六朝之不能不降而唐也，势也。"这"势"，指的就是时代，或曰时势。

一个时代有一个时代的艺术，是时代精神与艺术自身规律使然。

我们接着说下去，最能代表元朝时代精神的当然就是曲了。这是时代进步的需要，也是文学发展的必然。元曲，是中国文学的又一个高峰。

元曲之妙，又别有一种趣味，我们也不能忽略，这是另一形式的诗。

诗也好，词也好，曲也好，我们不妨把它们统称之曰诗，是各具时代特点时代需要的诗。

袁枚《答沈大宗伯论诗书》说："唐人学汉魏变汉魏，宋学唐变唐。其变也，非有心于变也，乃不得不变也。使不变，则不足以为唐，不足以为宋也。"这是表现形式的变，手法的变，面貌的变，但其"根"没有变，那就是"诗缘情"的本质没有变。

←《石壁望寒松》(林建 绘)

明人徐渭《题昆仑奴杂剧后》说："语入紧要处，不可着一毫脂粉，越俗越家常，越警醒。"若一着意打扮，就像婆婆作少妇，"正不入老眼也"。

下面的诗要是用吴音唱起来，味道可能比"虾壳笋头汤"还醇正。

夕阳在树时加西，泼水庭前作晚凉。
板桌移来先吃饭，中间虾壳笋头汤。

这是周作人的《虾壳笋头汤》诗。这么平平常常的一件事，居然也能作出诗来。这位老先生真好玩极了。

南宋张戒在《岁寒堂诗话》卷上说得明白："世间一切皆诗也。"明人邱濬《戏答友人论诗》："眼前景物口头语，便是诗家绝妙辞。"就看你有没有诗心。

这是不是打油诗呢？好像没有人把它归入打油诗一类，如果要算，也要归入品味高雅好玩一类，是打油中的精品。

口头语变成绝妙辞，这是打油诗的特点。

打油诗的特点是俚俗浅显，以生活口语入诗，也可以有典有故，诙谐幽默，或讽喻或自嘲，有寄托，有趣味。好的打油诗令人忍俊不禁，回味悠然。

《板桌移来先吃饭》(林建 绘)

这幅生动自然而质朴的江南民俗生活画，表面看来，无华彩，无讽喻，亦无自嘲，无寄托，平平实实，简直就是大实话。

江南夏日，天热如火，在门前庭院树下，先泼水使凉，然后搬桌子板凳吃饭，一家人团坐。吃什么呢？"虾壳笋头汤"。当然还有别的菜——要不，为什么要加"中间"两个字呢！

德国哲学家叔本华在《论美》一文中说："意欲是一切悲哀苦痛的根源。"杜甫"感时花溅泪，恨别鸟惊心"（《春望》），是这一哲学观的最好的反面的注脚。诗人创造美，给人以美，自己是美不起来的，而且是痛苦的。因为有"感"，有"恨"，也就是精神状态停留在强烈的思想和意欲之中。所以在杜甫的眼里，花也垂泪，鸟也惊心。客体的它们，无知无欲的花鸟也变得有情有义起来。在这种思想和意欲支配之下，怎么能不忧国忧民，苦痛悲哀？我们今天读杜诗，实际上是在欣赏诗人的痛苦，欣赏这痛苦所激发感悟出来的美。

周作人的适悦安闲，心淡如水，津津乐道自己的日常生活，还以之入诗，正是抛弃了"意欲"，进入道家"无欲"的境界。"当所有意欲活动从意识中消失以后，留给我们的就是愉悦的状态。"（叔本华《论美》）

周作人的愉悦，是道家的愉悦，无欲的愉悦，是一种美的人生境界。比如他的《五十自寿诗》：

前世出家今在家，不将袍子换袈裟。

街头竟日听谈鬼，窗下终年学画蛇。

老去无端玩骨董，闲来随分种胡麻。

旁人若问其中意，且到寒斋吃苦茶。

清淡闲适，无欲无求，到了极致。但有些人就不同了，他们做不到这一点，让意欲骚动，于是，就沉在难耐难熬的痛苦中。

春叫猫来猫叫春，听它越叫越精神。

老僧也有猫儿意，不敢人前叫一声。

这位自称老僧的和尚大概还没有老到"家"，修炼了一辈子，"六根"还没有尽了。在"猫叫春"的挑动下，意欲也跟着骚动起来，便心如猫抓，想要克制，也只能克制，却又克制不了。不知道是哪位刻薄的诗人把老僧的"秘密"暴露了。

此诗不知出自何人，我是从黄永玉先生那里抄来的。

据有过这种体验的人说，"老人动情，就像老宅起火，火势迅速，难以扑救"，这是说"火"烧到了明处。而这个和尚发的是"暗火""阴火"，还没有烧到"明火"的程度，只是在心内熬煎，就更加难受。其实，诗的意趣和魅力正在这里，等到发作，烧出明火来，就没有多少艺术的"张力"了。

克制不住烧到外面的故事，属于丑闻。现如今各类大小媒体最喜欢的，就是这类故事。要是故事的主人原来就是名人，则更妙，更有戏。

这类故事在戏剧、小说中很多。有空的话，我建议诸位去看看昆曲《玉簪记》，比现在媒体上炒作的丑闻故事，高雅百倍。

诗写到此处最妙：有了猫儿意，而又不敢叫，压抑的痛苦在读者眼里就成了乐趣。把和尚的痛苦拿来给读者们添乐子，这是文学的不"道德"。

所以，说到此处，又不能不说句公道话，文学尚且如此，又怎能责备媒体以此招徕观众的眼球？

书法现在已经成了社会的时髦。不知从何时起，书法家协会之类的组织就蓬蓬勃勃地兴起来了，弄得遍地皆是。有庙就得有和尚，有和尚自然就要有培育和训练和尚的学校。小学、中学开书法课，教孩子们把字写端正，这是不错的。但培养会念经的和尚就得靠大学了。如此一来，不知是哪里开其端，于是便有了书学博士、书法博士，等等，加上每年各种书法展览、比赛，热闹得不得了。

中国的书法艺术，是中华文明的精粹。但她是附着在文字之上的一种表现手法，她与绘画不同，绘画是可以独立为一种职业的，而书法不同，亦不可。历朝历代，固然有书法家之称，但都不是职业书家。王羲之是右军将军，颜真卿是吏部尚书，宋四家苏、黄、米、蔡，此外，如赵孟頫、董其昌辈，哪一个不是朝廷命官。清代的翁同龢、何绍基，以及近代王闿运、于右任等，也都是大官员，只不过字写得好，世世代代流传下来，成为艺术品，被后人珍爱收藏欣赏学习，而官名早已随着历史的烟云，渺然消失了。这些人在生前没有一个是专职的书法家。

书法成为一种职业，把它作为安身立命，升官发财，沽名钓誉的本事和手段，是二十世纪七十年代末以后才出现的怪事、生出的怪胎。近年来，我偶尔也翻翻《书法》杂志，看见某些书法家也写写诗，他们在款识中标以"自作诗"三字，看了觉得很不自在。他们大概想表示自己能诗吧，殊不知恰好显出了文化的贫乏。

社会一得了疯病、神经病，好事就变了味了。

在正经八百的书法家，如于右任先生眼里，书法是怎么回事呢。他写道：

人生贵行乐，书道乐无边。

每日三千字，长生一万年。

挥毫随兴会，落纸起云烟。

悟得其中妙，工夫要自然。

没有一个字说到功名和职业——他只谈兴会和乐趣。

写字换取功名始于何时？很难说清。但今天已经很热门了。

于右任把写字看成是养生，宋代文学大家欧阳修《学书为乐》说："苏子美尝言：'明窗净几，笔砚纸墨皆极精良，亦自是人生一乐。'然能得此乐者甚稀，其不为外物移其好者，又特稀也。余晚知此趣，恨字体不工，不能到古人佳处。若以为乐，则自足有余。"

写字是修身和人生的一大乐趣，这种态度值得那些以书法作终生职业的大师们深思——我以为。

但字要怎样才写得好呢？于右任先生没有明说。

宋四家之一的米芾不但字写得好，诗也自成一家。他用诗一样的语言谈写字，谈怎样把字写好，说得很具体、明白，是总结自己学书的亲身体验和感悟，很精彩，值得我们仔细领悟。其《学书

夜凉吹笛千山月
路暗迷人百种花
棋罢不知人换世
酒阑无奈客思家

欧阳修 梦中作 楚奇

欧阳修（1007—1072），字永叔，号醉翁、六一居士，北宋文学家、史学家，唐宋八大家之一

帖》云："学书贵弄翰，谓把笔轻，自然手心虚，振迅天真，出于意外，所以古人书，各各不同，若一一相似，则奴书也。其次，要得笔，谓骨筋、皮肉、脂泽、风神皆全，犹如一佳士也。"

尤其是心中要排除名利等一切杂念：如主席博士、展览评奖之类，虽然他没有说。因为注意力都集中到了如何执笔、运笔、调墨上，心神都贯注于掌握浓淡、疾徐、谋篇布局上，心情都倾注于书写时的快意中。

有形有象，有意有情，有比有喻，诗一般的语言，生动具体。

这段话是诗，是书法之诗，书道之诗。我把这段书道之诗写成条幅，挂在墙上，写字时常常抬头看看，希望自己有一天也能写出"犹如一佳士"一般的好字来。

写出好字来干什么？娱己，悦人，美化自己的精神生活。

如此而已。

半夜敲门心不惊，这可不单是修养的问题。得具备两个条件：一是不做亏心事，家无不义之财；二是家里没有什么特别被人惦记的东西，当然，最好是穷得叮当响。有了这两条，你尽管踏踏实实地睡你的安心觉好了。

古代、现代，这两条都具备的，在当官的人中很难得——郑板桥是一位。

不过，也有那类"笨偷"，或谓之"饥不择食"者，我曾经在侯宝林的相声中听过一位。

过年了，黑更半夜摸到人家屋里，没想到这户人家也穷得叮当响，好不容易在床底下发现一缸米，不能连缸一起搬啊，太重。黑暗中，偷儿犹豫了，怎么办？急中生智，把上衣脱下来，铺在地上，抱起米缸，一倒。当然是想把米用脱下的衣服兜起来。可一摸再摸，上衣却被躲在暗中的主人拿走了。那贼人愣了，傻了。忘记了自己身在何处，惊呼道："咦，有贼——！"

有一个成语"贼喊捉贼"，说不定就是从这里来的。

另一件，就是这一位了。他，半夜三更不敲门便进来了——

郑板桥的画好诗好，打油诗也幽默得好。此人连断案的判词都喜欢来点幽默，嘲笑一下小偷有何不可？

却说，这偷儿刚越墙上屋，就把刚入梦乡的郑先生惊醒了。听见有响动，知道是贼光顾，于是嘴里念念有词：

细雨蒙蒙夜沉沉，梁上君子进我门。

腹内诗书藏万卷，床头铜钿无半文。

那偷儿虽笨，这半文半白的打油诗还是听得懂的。心想，主人醒了，既然没有什么值钱的东西好拿，且招呼打得很客气，走吧。郑先生是读书人，既是不请自来，客去自然要送：

出门休惊黄尾犬，越墙莫损兰花盆。

天寒不及披衣送，趁着夜色赶豪门。

写这首诗的时候，郑板桥大约还没有做官，也不是辞官后靠卖画为生。"赶豪门"，显然是劝贼去偷有钱有势的富贵人家。从他的早年生活来看，这位风趣、善良的读书人，幽默是他的天性。

这当然是杜撰，其实，杜撰也是创作。

[叁三] 诗与酒

　　我们是一个诗国，也是一个酒国。到了今天，这个传统发扬光大，酒鬼酒仙酒神酒圣，无处无之。酒的品种统计起来，恐怕不止以千计。但说到饮者，留名千古的，恐怕还没有能超过"饮中八仙"的。我想，古来写饮酒醉酒贪酒痴酒的诗词不计其数。却无人能超越《饮中八仙歌》：

> 知章骑马似乘船，眼花落井水底眠。
> 汝阳三斗始朝天，道逢麹车口流涎，
> 恨不移封向酒泉。左相日兴费万钱，
> 饮如长鲸吸百川，衔杯乐圣称避贤。
> 宗之潇洒美少年，举觞白眼望青天，
> 皎如玉树临风前。苏晋长斋绣佛前，
> 醉中往往爱逃禅。李白一斗诗百篇，
> 长安市上酒家眠，天子呼来不上船，
> 自称臣是酒中仙。张旭三杯草圣传，
> 脱帽露顶王公前，挥毫落纸如云烟。
> 焦遂五斗方卓然，高谈雄辩惊四筵。

　　写醉态，贺知章"骑马似乘船"；张旭"脱帽露顶王公前，挥毫落纸如云烟"；焦遂"高谈雄辩惊世筵"。写饮态，宗之"举觞白眼望青天"；左相"饮如长

《诗与酒》（林建 绘）

鲸吸百川"。写馋态，汝阳"道逢麹车口流涎"；写李白最为妙笔传神："诗百篇，酒家眠，不上船，酒中仙"。饮态、醉态、狂态、醉后语态，活现眼前。古今以来，评说此诗的文章也多得不胜枚举。

但还是前人说得最佳。乾隆敕编的《唐宋诗醇》引清初李因笃评曰："无首无尾，章法突兀，妙是叙述，不涉议论，而八公身份自见，风雅中司马太史也。"清杨伦《杜诗镜铨》亦引李评："似颂似赞，只一二语，可得其人生平。"后接"妙是"句，缺"无首无尾，章法突兀"八字。

《杜诗镜铨》引明末王右仲语："描写八公，各极平生醉趣而俱带仙气。"

我真是佩服得五体投地——古人手中的这支笔，有神鬼之力。

杜甫写饮中八仙，是旁观的，也是客观的，所谓"似颂似赞，可得其人生平"，所谓"各极平生醉趣而俱带仙气"，抓住人物特性，刻画描写中高度概括，无涉褒贬，只有杜甫这样的大手笔，方可胜任愉快。

如果要谈醉的神状，醉的感觉，醉的情态，我以为还是自己写自己最真切。我们来看看宋代大词人辛弃疾这阕"将止酒戒酒杯使勿近"的《沁园春》是怎么写的：

杯汝来前，老子今朝，点检形骸。甚长年抱渴，咽如焦釜；于今喜睡，气似奔雷。漫说刘伶，古今达者，醉后何妨死便埋。浑如此，叹汝于知己，真少恩哉。　更凭歌舞为媒。算合作平居鸠毒猜。况怨无大小，生于所爱；物无美恶，过则为灾。与汝成言，勿留亟退，吾力犹能肆汝杯。杯再拜，道麾之即去，招之须来。

辛弃疾是豪放派词人的代表人物。这里更可以看出他在饮酒上的恣肆狂放。他把面前的酒杯当作对手和至交好友，饮酒前在它面前发一通豪气。说自己"长年抱渴，咽如焦釜"。把刘伶这样的大酒徒也不放在眼里，"醉后何妨死便埋"。甚至对酒杯对他的不理解发表一通高论。这是饮酒前的醒态。饮酒后的醉态最有趣，我们读读《西江月》：

醉里且贪欢笑，要愁那得工夫。近来始觉古人书，信着全无是处。 昨夜松边醉倒，问松我醉何如？只疑松动要来扶，以手推松曰去。

德国哲学家叔本华说："伟大的思想者经常更宁愿自我独白，而不是与世俗之人对话交流。"

像辛弃疾这样一位被闲置的英雄、诗人、思想者，是寂寞的。于是只有写词，读书。古人的书不可信，还是寂寞，无边的寂寞。于是，喝酒，以酒浇愁。到那里去找个酒伴——没有，就找一个替代者，也没有，只有面前的酒杯。那就同他说——醉了，把酒杯扔到一边去。摇摇晃晃地起身，走不稳，站不住，东倒西歪地，面前是松树吗？好像要倒的样子，上去扶它一把。松树正了，自己似乎也稳了——这醉态，除了酒的作用之外，还有另一层醉意——对世事的有心却无奈。

当然，真醉的人是从来不会说自己醉了的。

这神态跟贺知章的"骑马似乘船"不同。前者是自我，是主观；后者是旁观，客观。

杜甫是叙述，夹着描写，还有几分评论，类乎纪实文学。而后者是诗，两者趣味是完全不同的。

上面说的是诗人的醉态，普通百姓、山野村夫、市井小民与酒的关系就更深了。周作人先生在这方面的研究极有深度。他引用清初兰亭陈廷灿的《邮余闻记》一书中有关饮酒的一段文字：

> 古者设酒原从大礼起见，酬天地，享鬼神，欲致其馨香之意耳。渐及后人，喜事宴会，借此酬酢，亦以通殷勤，致欢欣而止，非必欲其酩酊酕醄、淋漓几席而后为快也。今若缱客而止设一饭，以饱为度，草草散场，则太觉索然，故酒为必需之物矣。但会饮当有律度，小杯徐酌，假此叙谈，宾主之情通而酒事毕矣。何必大觥加劝，互酢不休，甚至主以能劝为强，客以善避为巧，竟能争智之场，又何有欢欣哉。

从祭神到一般平民百姓之间的喜事宴会，礼尚往来，请客吃饭，酒是助兴的佳物。但慢慢地就发展到主客之间为了"能劝"与"善避"的机巧，这实在是历史更是现实生活的绝好写照。这就与诗离得远了。

清人阮葵生在《茶余客话》卷十引了明人陈几亭一段很有味的文字：

> 饮宴苦劝人醉，苟非不仁，即是客气，不然，亦蠢俗也。君子饮酒，率真量情，文士儒雅，概有斯致。夫惟市井仆役，以逼为恭敬，以虐为慷慨，以大醉为欢乐，士人而效斯习，必无礼无义不读书者。

我曾参加过几次这样的宴请，其间敬、劝、罚，以至拉拉扯扯等恶俗之状，令人不堪，最后弄到不欢而散——所谓世风不古，亦此之谓也。

唐代李涉是一位诗名盛极一时的人物。读他的诗，可以想见他的旷达。如《题开圣寺》：

宿雨初收草木浓，群鸦飞散下堂钟。

长廊无事僧归院，尽日门前独看松。

春末夏初，一片青翠，浓浓的绿意，这就已经有了几分冷趣了。"群鸦飞散下堂钟"者，以动写静，以闹出 静。"长廊"，写空间之空之寂，偌大一个院落，冷清寥落，而又"无事"，愈衬托出情境的空寂。"尽日"写时间之长之久，无以消磨打发，于是，只好百无聊赖地"看松"，僧人痴痴地孤独地望着那冷松出神发呆。

诗人抓住了生活中这个典型的极其平常的瞬间，用极精炼的毫无夸饰的语言，就像一幅黑白水墨画，给读者描绘了一幅冷寂索然的图画。观察得细致，刻画才能细致，有兴致这样仔细观察的人，只有放下了一切人间烦忧，心境闲散的人，才有这种心态和境界。

王国维把诗分为有我之境、无我之境两类，此诗显然应纳入有我之境，虽然没有"我"。以有我、无我定诗品之高下，不知是不是他的独创，未免有些误读、武断。

唐人张继的《枫桥夜泊》，千古流传，闻名遐迩。

月落乌啼霜满天，江枫渔火对愁眠。姑苏城外寒山寺，夜半钟声到客船。　张继诗　易楚奇书

宿雨初收草木浓，群鸦飞散下堂钟。长廊无事僧归院，尽日门前独看松。　李涉　题开圣寺　旺德居士

《题开圣寺》（易楚奇 书）　　《枫桥夜泊》（易楚奇 书）

据说，日本人更是崇拜得不得了，于是，寒山寺也因此火了起来。近年来，听说，那里的和尚们在商业大潮的启发和驱动下，把钟声也变成了钱——游客们争先恐后，"夜半"去敲钟，去烧钱。诗大家都能背：

月落乌啼霜满天，江枫渔火对愁眠。

姑苏城外寒山寺，夜半钟声到客船。

不过，似乎这些人并没有读懂诗，因为，此诗最精彩处，也就是听钟声的最佳处在"客船"上。其实，这也不是"无我"，那个"愁眠"的人，就是我。

客船者，羁旅他乡之谓，而乌啼月落，渔火江枫，在寒霜满天的萧索里更添愁绪，夜半未眠，愁听隐隐钟声，这种况味——留给我们无尽的想象。

此诗容量之大，意蕴之美，感人之深，在七言绝句中堪称绝调。

让我们再读读清代诗人龚自珍《己亥杂诗·其五》，虽然也是好诗，就显得有几分"露"了：

浩荡离愁白日斜，吟鞭东指即天涯。

落红不是无情物，化作春泥更护花。

以浩荡形容离愁，是龚的首创，可见其离愁之广远无边，离开故国，远走异域，显然是非所愿也。最后两句是此诗之眼，虽远离故土而依然初心不改，至死不移也。

古远清在《诗词的魅力》一书中说，"这与其说是无我之境，不如说是忘我之境更确切些"，是精到之见。

　　我们还是来说说闲适之趣。唐代大历十才子司空曙有《过长林湖西酒家》：

　　　　湖草青青三两家，门前桃杏一般花。
　　　　迁人到处惟求醉，闻说渔翁有酒赊。

　　说闲适，其实，还是有几分"意气"。否则，就无须"惟求醉"了。还要带出"迁人"两字，明显地有几分无奈。倒是他的另一首名诗《江村即事》，达到了闲适的极境。

　　　　钓罢归来不系船，江村月落正堪眠。
　　　　纵然一夜风吹去，只在芦花浅草边。

　　打鱼人很在乎那赖以为生的小小渔船，但在诗里，却相反，还是睡觉要紧。把打鱼人的豁达——对自己的身家性命所赖以维系的全部家当——小小渔船，化成了诗人的闲适，在这种通透的表象后面，我们才能读出诗人的豁达和散淡。

　　世人中什么人最闲适呢？我以为最闲适的应该是庙里的和尚。敲钟，念经，打坐，喝粥，睡觉，除此以外，他们一心向佛，别无生计。

　　同是大历十才子的卢纶有一首《山中一绝》：

饥食松花渴饮泉，偶从山后到山前。
阳坡软草厚如织，因与鹿麛相伴眠。

露出肚皮，躺在草坡上，晒太阳，与鹿麛相伴，正是安闲到了极致。

可是，有几人能到此境界。心态淡泊，万事随缘，无欲无求。不过，司空曙毕竟不是闲适的人，他的许多五言律诗，是写得很好的。但都是人世失意的感喟，聚合难期的嗟叹，甚至，还在功名利禄里沉浮躁动。南宋文人王铚晚年受秦桧摒斥，避地剡溪山中，日以觞咏自娱。因而对寺庙里和尚的生活了解得颇多，也颇深入。他有一首《上方》七言绝句，写得很有味道：

松门明月佛前灯，庵在孤云最上层。
犬吠一声秋意静，敲门时有夜归僧。

这是纯客观的写实，所见所闻。但诗人是有选择，有提炼的，由此，可以看出诗人修养和心境。明月，孤云，夜静秋深，一声犬吠，还听得见敲门的声音，由远而近，由声而影，把一个"静"推向极致。诗人的意蕴全藏在声影的客观描写吟咏之中。如果要说诗中之有我、无我，此诗才是真的无我。无爱无憎，无喜无忧。下面这首金代诗人周昂的《晚望》诗，意境也庶几近之：

烟抹平林水退沙，碧山西畔夕阳家。
无人解得诗人意，只有云边数点鸦。

诗人意是什么？其实，"云边数点鸦"，又如何解得？

这使我想起西班牙大画家毕加索，在回答关于他的抽象画意义时的幽默：

"画眉的叫声好听吗？"毕加索反问。

"很美。"

"那么，你知道它唱了些什么？"

——被问者茫然。

其实，诗人的意蕴正如画眉的歌唱，都在它的歌声里。我们习惯于在美的事物中寻找意义，所以，我们常常迷茫。蒙拉丽莎的微笑，就是微笑，笑得美，笑得甜，笑得有味道，即此而已。若问为什么笑？多此一举也。

在美的事物中寻找意义——是无意义。古人云：美不自美。

我说，美，就是意义。

东西方文化从绘画艺术这个方面来说，一开始就走了两条不同的路。西方的绘画是职业的，服务是政治的、宗教的，表现是写实的。中国则不同。所谓文人余事，除了早期工匠的佛教壁画，有较浓厚的宗教色彩外，基本上是消遣性的，怡情养性，谓之为游于艺。在表现上则讲究空灵，抽象，趣味，韵味，以形传神。所以，从两种艺术的源头来看，就有着根本的不同：一者高雅，清雅；一者世俗，低俗。我是东方艺术的绝对支持者。

中国艺术称书画同源。书画是一对孪生兄弟。从"诗中有画，画中有诗"来看，诗与书画则应该是叔伯兄弟。这兄弟之间血脉关系，山长水远，源远流长，汇成了中国文化艺术的根，形成了文化艺术的传统。历代以来，书画家谁不会作诗？诗书画，文人余事也。文化人能画几笔的大有人在，写得一手好字的就更多了。自唐宋以至明清，哪一位画家不同时也是诗家？苏东坡诗词冠绝古今，且能书能画，书法为宋四家之一，墨竹堪称逸品。山谷诗好，书法雄视百代。明代徐文长自称书第一，文第二，画第三，其实，他的杂剧也写得极好。元四家之一的倪瓒，画自不必说，诗同样流传千古。诗书画三绝的大家，数不胜数。可惜，自吴昌硕、齐白石之后，今天的书画家们，就没有几位能诗了。诗书画从此告别了兄弟之盟，各奔前程，分道扬镳了。

袁枚《随园诗话》（卷六·一六）说："画家有读画之说。余谓画无可读者，读其诗也。"可见，古人是把画当作诗来读的，"画是无声诗"（古希腊西摩尼德斯）也。

清刘熙载《书概》说："书贵入神，而神有我神、他神之别，入他神者，我化为古也；入我神者，古化为我也。"这是两种境界，有我之境与无我之境。

我们随便找一首。如宋代诗人刘汲《高阳道中》诗：

杏花开过野桃红，榆柳中间一径通。

禽鸟不呼村坞静，满川烟雨淡蒙蒙。

这首诗，难道不就是一幅画？前三句是近景，应是初夏，杏花刚谢，桃花正开，通往村舍的路上，榆柳绿意正浓。静静的，满川烟雨，似有若无，淡蒙蒙，是画也是诗。正是水墨画中的米家笔法。

另一位金代诗人周昂写《西城道中》用的也是此法：

草路幽香不动尘，细蝉初向叶间闻。

溟蒙小雨来无际，云与青山淡不分。

草路、树林、细蝉，显然是初夏，闻得到野花的清香，听得见蝉的鸣叫，这是近景。似乎刚下过雨，但不大，在山里，雨是说下就下，说停就停的。诗人是带着几分喜悦在山路上漫游的，抬头望去，远处的山峦和天边的白云，就淡淡地化在一起了。

看看下面白朴的这首小令《幺篇·其二》，或许会把你弄糊涂：

独倚危楼，十二珠帘挂，风萧飒。

雨晴云乍，极目山如画。

这是"诗中有画"，也是"画中有诗"。

那位站在高楼上"极目"的人，在欣赏远处的风景，正是高秋，雨停了，风声萧飒，远山红黄橙紫，像画一样美。

读出来，这位极目者心情很好，我想。

画就是诗，诗就是画。不懂得诗的人，怎么能画好画？

白朴（1226—1306以后），原名恒，字仁甫、太素，号兰谷，元曲四大家之一

前些年，"百家讲坛"在电视台很火爆，这对于普及中华文化历史知识是件好事。这有点像我们小时听过的"说书"，大约从宋代就有了，陆游有一首诗，就是说的这件事，《小舟游近村舍舟步归四首·其四》：

斜阳古柳赵家庄，负鼓盲翁正作场。
身后是非谁管得，满村听说蔡中郎。

宋以前有没有，我不敢说，那么，至少也有千年以上的历史了。

自小，我就喜欢听说书，《三国》《水浒》《西游记》，还有《三侠五义》《小五义》《江湖奇侠传》之类。那时候，跟在大人后面，搬一条小凳子，听得如醉如痴。每到"欲知后事如何，且听下回分解"，才怅怅然回家。盼着第二天，生怕南侠展昭遭了敌人的暗器。我们这一辈人的历史知识，其中好大一部分，都来自说书人绘声绘色的表演。说书人嘴里的蔡中郎故事，各个剧种都有。如湘剧的"赵五娘"等，蔡中郎蔡伯喈在该剧中成了反面人物，这当然有些冤枉。显然，陆游是替这位背上了千古骂名的蔡中郎打抱不平。"身后是非谁管得"者，让他们去说吧。

中央电视台开办百家讲坛，不知始于何时。大概是弄得很"热"以后，有朋友告诉我，说易中天的《品三国》，品得举国疯狂，于是，也勾起了我童时旧梦。果然，易教授妙语如珠，听得少男少女们如痴如醉。比我当年听书还要入迷起劲。教授说书，用一个"品"字，也就是说，把"历史时装化"一下，于是，古人就醒过来了，说书人自然也就"雅"了。

我斗胆胡诌了下面几句打油诗：

应是前身说部郎，中天起舞百家香。

天分三国魏吴蜀，义结桃园刘关张。

好酒入唇须细品，时髦出彩费思量。

满城男女癫狂甚，争说玉郎鼻子长。

后来，听书的红男绿女们，从《品三国》的痴迷中，转而"品"起说书人易君的相貌来，说易公鼻子很美，竟有"嫁人要嫁易中天"之说。

三国"品"得好了，人的名气大了且不说，其形象也跟着美了起来，弄得粉丝们想入非非。不过说句实在话，自"百家讲坛"开播以来，几乎把中国历史、历史人物讲了个遍，至今为止，还没有哪一位"品"过了这位"长鼻子"教授。因为，他"品"出了自己，也品出了时代，"品"出了前代说部郎没有的味道。

教授也好，说书人也好，或者在教授与说书人的双重角色中，也就是在知识与趣味中找到最佳的切合点，即是他的过人处。何况还有那么多的痴迷甚至癫狂的"粉丝"，实在令人羡慕不已。

他是我的同乡兼家门——倒也与有荣焉。

贾岛的"松下问答",是一首名诗,短短四句二十字,读来却令人感到回味无穷。它单纯得不能再单纯,文字简约得不能再简约。但这单纯简约却融化在朦胧邈远的意趣中。如果要说什么是中国旧诗的特点,这首五言绝句是最好的代表。

> 松下问童子,言师采药去。
> 只在此山中,云深不知处。

亦实亦虚,亦近亦远,全是大白话,却意味无穷。

王维是唐代五言诗的大家。他更是不经意,一出手就流传千古。诗论家说:"大凡不经意而得者,多是妙篇。"李白的"床前明月光"是如此。王维的《相思》,也是如此:

> 红豆生南国,春来发几枝。
> 愿君多采撷,此物最相思。

全是身边事,全是口头语,顺手拈来,毫不费力。

这都是不用意而得,脱口而出的佳作。这类诗还有一个特点,就是自然简约,词浅意长。

简约之美,是平凡表面后面藏着的意趣,是浅白里面涵蕴的诗情。像前面贾岛的名篇《寻隐者不遇》就是如此。有故事吗?有一点点,很单纯。有人物吗?也

《松下问童子》（林建 绘）

有，童子和访客。地点呢？松下。很美，留给人很多想象。但主要
是谈话，一问一答。问什么是从童子的回答里面知道的，四句中占
了三句。我们似乎觉得这童子的回答有几分玄乎，但这是我们的

感觉，童子并没有故弄玄虚。作为童子来说，他的回答是自自然然、实实在在的。除了"云深"两字是访客——也就是诗人的修饰外，其余都是童子的原话。

简约，绝不是简单。简单是浅，是露，也是薄，而简约是言简而意远，外部透明而内蕴深厚，意味无穷。

美学家朱光潜先生说，"趣味是对生命的彻悟和留恋"（《话说文学趣味》）。

对于人来说，故乡，是人生的起点，生命的摇篮，更是，也常常是对生命的彻悟，对生命的留恋最易激发的亮点。

杜甫对生命的"彻悟和留恋"表现得最为真切和直接《绝句二首·其二》：

江碧鸟逾白，山青花欲燃。
今春看又过，何日是归年。

简约，浅显，明白，每一个人都有过的生活体验和感悟，用最朴素的语言写出来，有如一曲回肠荡气的思乡小夜曲，令人感动不已。

杜甫绝句（易楚奇书）

故乡，在每一个人的生命中，是一个永远的神话。

简约却有巨大的容量，浅白而有深远的意蕴。

王维是此中圣手，他的《送别》：

> 下马饮君酒，问君何所之？
>
> 君言不得意，归卧南山陲。
>
> 但去莫复问，白云无尽时。

一问一答，简单明了。最后两句，显然是"归卧南山"者的自白。意思是，"去吧，别问了，白云悠悠，岁月悠悠……"

景语作结，意味无穷。

南山，就是终南山。在当时都城长安郊外，文人士大夫们"进而跻于庙堂之上，退而隐于山林之下"。所谓"用行舍藏"的"终南捷径"。所以曾经在这里隐居，后来入仕的卢藏用对同样走这条路而召还的司马承祯意味深长地说："此中大有佳趣。"

当然，王维的"白云无尽时"，我们就只能意会了。

学"访隐者不遇"的人很多。清初有一位叫荫在的和尚《访隐》就是这样仿的：

> 问尽采樵者，无人知隐君。
>
> 万山最深处，相随惟孤云。

几乎完全是从贾岛诗中化出，学得也不错，"相随惟孤云"，形虚而实露，有几分"作态"，不够自然质朴。和尚没有童子的天籁，意境和味道都差远了。

　　说到言简而意深，还要数韦应物的"怀人"，如果不能说是五言绝句中的极品，但也绝不会在上面提到的几首之下。

　　司空图《与王驾评诗书》在议论王维、韦应物的诗时说，"左丞、苏州，趣味澄复，若清风之出岫"。宋代大家东坡居士这样称赞说，"乐天长短三千首，却爱韦郎五字诗"。

　　王维我们前面说了很多。

　　韦郎就是中晚唐与柳宗元齐名的大诗人韦应物。通常

韦应物《秋夜寄邱员外》（易楚奇 书）

我们称他的官名"韦苏州"，称柳宗元为"柳柳州"。苏学士称他为"韦郎"，带着浓浓的感情色彩。苏学士是一位性情中人，以"韦郎"称之，有两层意思，一是喜欢，称郎显得亲近；二是韦应物出身贵族少年公子，又是皇帝近臣，做过御前侍卫，称郎也合适。他说的"最爱韦郎五字诗"，此是其中之一。我们来读《秋夜寄邱员外》：

怀人属秋夜，散步咏凉天。

空山松子落，幽人应未眠。

语言明白晓畅，流丽自然，淡颜素装，不加任何修饰，平实而又悠远，情韵无尽。诗人独自在秋天的晚上散步，享受凉天的清幽。却不由得想起了那远方的朋友——在山村里，该也没有睡吧，或许，也如我一样，正独自听着松子不时掉落的声音……

真诚的友谊，是"心有灵犀一点通"（李商隐《无题·其一》）的。由己怀人而想到人亦怀己，正是这种友情深挚的体现。两情相通，虽千万里无相隔。

我们读读下面一首《寄全椒山中道士》，也许体会更深刻，理解也更深刻，韦郎对朋友的怀念之情是何等真挚。当然，就更能领会司空图，东坡评价之不虚。

今朝郡斋冷，忽念山中客。
涧底束荆薪，归来煮白石。
欲持一瓢酒，远慰风雨夕。
落叶满空山，何处寻行迹。

两首诗用的手法相同处，是全用白描，不加粉饰。前诗自不用说，后一首也从自己说起，因为"郡斋冷"而想起了故人——山中客。接下来都是设身处地地想象故人的行踪，由己到人，愈能感悟到山中客"冷"的况味。想要带一壶酒，在这寂冷的夜晚，陪他去喝一杯。"落叶满空山，何处寻行迹"，既自然，又合理，真是神来之笔，把几分无奈，几分惆怅表现到极致。掩卷低回，令人情不能已。友情如此真挚，语言又如此朴实，当我们读到最后两句"落叶满空山，何处寻行迹"的时候，那位时任滁州刺史的韦郎对一位山中道士的念念深情会是何等地令人感动。

"艺术就是感情"（《罗丹艺术论》），而诗歌是典型的感情的艺术。可见，感情是艺术的灵魂，是诗的灵魂。

韦应物的两首五言诗，前者含而不露，后者直抒胸臆，浓浓的情思，蘸着淡淡的墨韵，画出的一幅画，意蕴悠远。

得到东坡先生这样高的评价是当之无愧的。

唐人五言诗写得好的多矣。除了韦应物之外，李白、杜甫、王维等都有流传千古的名篇，这是不可否认的事实。不过，南宋人范晞文在《对床夜语》中说了句很武断的话，把五言诗的桂冠给了柳宗元。他说："唐人五言四句，除柳子厚《钓雪》一首以外，极少佳者。"

不仅是范晞文，元代人辛文房也特别推崇柳宗元和韦应物。他在《唐才子传·柳宗元》如是说："公天才绝伦，文章卓伟，一时辈行，咸推仰之。工诗，语意深切，发纤秾于简古，寄至味于淡泊，非余子所及也。"这评价够高了。

柳子厚的《钓雪》（或名《江雪》），确是五言极品。我们来读读《钓雪》：

千山鸟飞绝，万径人踪灭。

孤舟蓑笠翁，独钓寒江雪。

诗题就别开生面，叫人一见难忘。谁见过"钓雪"的渔翁？诗人首先描绘了一个空寂孤寒、万物萧索的环境。两句十字，高度凝练，容量极大。接着，我们面前出现了一叶小舟，一位披着蓑衣的渔翁，此时，似乎一切已经静止，寒彻。渔翁在钓什么呢？

柳宗元《渔翁》

渔翁夜傍西岩宿，晓汲清湘燃楚竹。烟销日出不见人，欸乃一声山水绿。回看天际下中流，岩上无心云相逐。

柳宗元 渔翁 楚奇

柳宗元《钓雪》

千山鸟飞绝，万径人踪灭。孤舟蓑笠翁，独钓寒江雪。

柳宗元渔翁 楚奇

柳宗元《钓雪》（易楚奇 书）

柳宗元《渔翁》（易楚奇 书）

诗人只是在客观地描写，而毫不动感情地在描写这个令人不寒而栗的场景，而留下大量的空间让读者去思索，去感悟。

这正是诗的艺术感染力的魅力所在。

清初王尧衢在《唐诗合解笺注》卷四谈此诗时说："江寒而鱼伏，岂钓之可得？彼老翁独何为稳坐孤舟风雪中乎？世态寒凉，宦情孤冷，如钓寒江之鱼，终无所得。子厚以自寓也！"

了解柳宗元的政治命运和人生遭际，对于理解这短短的二十个字所含蕴的意趣，将更深刻。王氏说得很透。

再读读另一首也是描绘"渔翁"生活的七言诗：

渔翁夜傍西岩宿，晓汲清湘燃楚竹。

烟消日出不见人，欸乃一声山水绿。

回看天际下中流，岩上无心云相逐。

当然是一首好诗，却是一首大有争议的好诗。宋代许多大诗人都参与了这场争论。有人说最后两句实属多余，"欸乃一声山水绿"，已留无尽余音。有人反对说，非如此不可，"岩上无心云相逐"，更添深意。

各执己见，最后当然不了了之。因为著作权所有人柳宗元先生已经作古，留下了高傲的生命和清高的品德，还有许多令后人不可企及的精美的山水游记。

四百年之后，金代诗人周昂有一首《读柳诗》。柳就是柳宗元。他充满感情地写道：

功名翕忽负初心，行和骚人泽畔吟。
开卷未终还复掩，世间无此最悲音。

诗人把他和屈原泽畔行吟以抒忧国忧民之情相比况，说他还没有来得及施展自己的抱负就早逝了，而感到的悲哀和怀念。

时间过去了四百年，要说怀念，更多的应是钦敬和感叹。

当然，说到怀念伤痛，还是柳宗元最亲近的朋友写得最好，因为，志同道合，荣辱与共，感同身受，怀念愈见真情，睹物思人，情不能已。我们应该读读刘禹锡的《伤愚溪》。

柳宗元因所谓八司马案贬放永州，后又贬到更远的柳州，落寞忧寂，郁郁寡欢，又累遭亲人相继辞世之痛，四十七岁便死于任上，留下了许多流传千古、脍炙人口的精美山水游记散文和诗篇。刘禹锡也是八司马之一，两人友情笃厚。

柳死后三年，刘禹锡从一个僧人那里闻知永州愚溪的消息，悲从中来，因而写了三首诗。诗前有小引曰："故人柳子厚之谪永州，得胜地，结茅树蔬，为沼沚，为台榭，目曰'愚溪'。柳子没三年，有僧游零陵，告余曰：'愚溪无复曩时矣！'一闻僧言，悲不能自胜，遂以所闻为七言以寄恨。"下面是第一首：

> 溪水悠悠春自来，草堂无主燕飞回。
> 隔帘惟见中庭草，一树山榴依旧开。

我们把这首诗与前面的韦应物的怀人诗一比较，就会发现两者的不同。韦诗只是关切，思念。刘诗就沉重多了，写法自有不同。

刘诗全是写景，写愚溪的春天，写溪水悠悠地流，寂寞的草堂前燕子飞来飞去，隔着帘子看过去，院子里长满了野草，倒是那无人料理的山榴树，依旧开着红红的花。

他似乎全不动情，只是静静地看着这空落落的院子发呆。只在诗题上留下了一个略带感情色彩的字——"伤愚溪"，真所谓睹物思人，情何以堪。

他没有一个字提到他怀念的那个人，但，我们却能从这些看似冷静而清丽、如此美好的春日景物描写里，深切地感受到他对挚友柳宗元的那种幽幽的怀念和深切的哀痛。

清代戏曲家、美食家兼诗论家李渔《窥词管见·第九则》尝言，"有全篇不露秋毫情意，而实则句句是情，字字关情者"，可以说正是道出了此诗的妙处。

有些诗评家认为只要诗好，诗题无关宏旨。的确，唐宋诸家确有许多诗无需诗题，亦无伤诗意，但不能概而言之。就拿这一首来说，一个"伤"字，更能点化全篇。王国维说，"一切景语皆情语"。此诗，句句是景，句句是情，是情之极致。

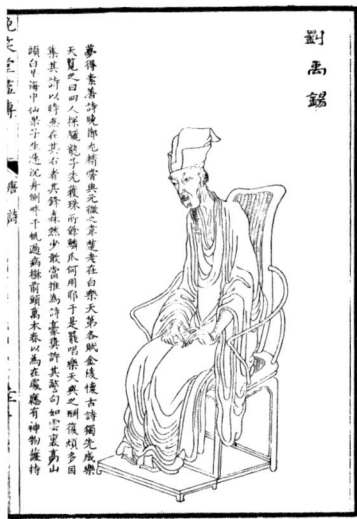

刘禹锡（772—842），字梦得，
唐文学家、哲学家，有"诗豪"
之称

美国诗人济慈说："读佳作要等到走过作者经历了的路程才能体会。"

可见，欣赏是共鸣的创作。

谁没有失去过亲朋好友的伤痛，当我们重新走过，或者再一次见到与他们有关的某种事物的时候，便顿时会勾起记忆的神经，他们的音容笑貌就会在眼前活动起来，引起我们深深的怀念和伤痛。

说到简约，浅显，明白如话，我们不能不说说也是五言的这一首（唐崔颢《长干行二首·其一》，录自明高棅《唐诗品汇》）：

君家住何处，妾住在钱塘。

停船暂借问，或恐是同乡。

旅途中，两条船在江上相遇，或许在偶然间听到了乡音吧。于是，停下来打问。先生住在哪里，我住在钱塘。或许我们还是同乡呢。有回答没有呢？诗里面没有写，看不出来。我想是有的。全诗的故事就是这样简单，只有一个场面，随意的几句问话，更是毫无修饰。既不在语言的锤炼，也没有"云深不知处"的空灵，她好在何处，美在哪里？每次读此诗，我总有一种说不出的感动——为作品中那几分淡淡的乡情，那渺若江上轻烟也似的意蕴，那似隐若无的忧郁而感动。

人生悲苦艰难，反映人生的文学艺术作品中，非刻意经营而自然流动的忧郁，最易拨动读者的心弦。产生共鸣。我想，此诗的迷人之处，大概也正在于此。

读此诗会使人想起宋人李之仪《卜算子》中的句子："我住长江头，君住长江尾。日日思君不见君，共饮长江水。"

一条江，一溪水，对于多情的诗人，不，对于深爱着故乡山山水水的人来说，都是一种情缘，一份思念。

历史上，会作诗的和尚很多，作得好的也不少。出家人嘛，既不为名，也不为利，远离尘世，六根清净。他们的诗也一样清净。下面的一首，是清代河南洛阳白马寺一位叫了亮（字智水）的和尚写的《写兰石有寄》：

一片空山石，数茎幽谷草。
写寄风尘人，莫忘林泉好。

简单，朴实，自然，幽雅，如一道清清的山泉，汩汩从面前流过。读到这样情真意切的诗，那位如今还迷失在红尘中的朋友，会是何等的激动。

和尚的诗，也不是一味的清净无为、清冷淡远，其中也有豪气干云的壮歌。

下面是两位和尚《观瀑布联句》：

千岩万壑不辞劳，远看方知出处高；
溪涧岂能留得住，终归大海作波涛。

作前两句的是黄檗希运禅师，接后两句的名叫李忱。这两个和尚诗人抓住了瀑布的形象，也抓住了瀑布的精神，把描写的对象人格化，使描写的对象有了壮阔雄健豪气干云的生命精神。

我不知道，远离红尘、六根清净的出家人，哪来这样的豪情？后方知晓，这位李忱就是后来的唐宣宗，时为武宗所忌，遁迹为僧，诗言心声，终遂其志。两人联句，上下俱藏玄机。

明谢榛《四溟诗话》卷一云："凡起句当如炮竹，骤响易彻；结句当如撞钟，清音有余。"这里，说的不单是音韵、气势，意味尤在其中。

诗趣杂谈

近读黎泽济的《文史消闲录》，其中有一则俞恪士的辞请诗很有味。俞先生名明震，清末在南京候补道台。其时，著名词人陈伯涛，名锐，也在南京候补县令，住在乌衣巷。一次，陈请客，邀同是"候补"的俞道台赴席。也许是俞的官大了两级吧，没有去，却不能少了礼仪，写了两首七绝诗以辞谢。其一：

寒风吹脚冷如冰，多怕回家要上灯。

寄语乌衣贤令尹，腌鱼腊肉不须蒸。

湖南有一道名菜，叫腊味三蒸，腊鱼腊肉切成一寸长半寸宽的块，碗底放腊八豆三四两，加剁红辣椒少许，蒸约半小时，起锅后色香味俱佳，堪称美味。湖南人请客，没有这道菜就不成席了。俞先生湖南人，是我的老乡。他的侄孙俞润泉先生是我的忘年交，我在《纽约闲话》一书中曾有《一杯苦酒梦天涯》一文记述我们的交往和趣事。他既作得一手好诗，也做得一手好菜。有一本谈饮食的著作，寓掌故厨艺趣味如一炉，写得很有味。俞老善饮，量虽不大，却终日好此物，与他谈话，能闻到满身酒香。可惜晚年失声，我用嘴，他用笔，依然谈兴不减。他常常谈起过乃翁的趣事。

俞恪士平易近人，谈吐幽默风趣。此诗也可以说

《俞恪士诗意画》（林建 绘）

是打油诗，显然是好玩。目的是谢请。理由呢? 一是怕冷，二是怕归家太晚。两条理由都有些勉强，总之是辞谢:"腊鱼腊肉不须蒸"。湖南人读此诗恐怕要比外乡人多几分乡味。光说第一层理由不够，意犹未尽，于是，再来一首。其二:

> 轿夫二对亲兵四，食量如牛最可嫌。
> 轿饭若叫收折色，龙洋八角太伤廉。

旧时官员出行，按官职等级高低，抬轿的随行的都有一定之规。道台大约相当如今的副省级。虽是候补，规矩却不能乱套。轿夫四个，随行的亲兵(相当如今的警卫)也是四个。这几位都是年轻下力的壮汉，食量如牛。当然不能叫他们同桌，有失体统;规矩，只有折合成钱，让他们自己自便。那样的话，等于折合每人大洋一角。这又似乎太奢靡，有伤廉洁。两位候补官员还没有补正，这种话是场面上的话。补正以后，官声如何就不太清楚了。

陈先生自己是诗人，论官阶又矮了好几级，再说，道台县令，都是候补，没有实权，主要还是乡亲之间联络感情的意思。他收到此诗时，不知作何感想? 大概有些啼笑皆非吧。

此诗全用口语、乡言，张口即来的实话实说，但味道醇正，就像有名的湘菜"腊味三蒸"，腊鱼腊肉腊八豆，色香味都到了火候。归入打油一类，应属上品。

人家请吃饭，用委婉的诗辞谢。在旧时代士大夫们之间是一件雅事。一请一谢，你来我往，应接自如。他日见面，一笑了之。在官场中，其实也是一门学问。上下左右，亲疏贵贱，如何应对，其中大有讲究，不能乱了规矩。

"请吃"是如此，如果是"索要"呢？那就更要费一些心思了。

杭州径山万寿寺，是一座始建于唐代的著名古刹。前前后后，我去杭州的次数记也记不清了，却没有去过径山。当年的万寿寺里辩才和尚与东坡居士谈禅论诗的幽幽雅韵与陆羽煮茶阵阵清香，早已化为历史的烟尘，渺然远去矣。

据说宋代时，寺前有一株古松，昂藏挺拔，被当地的县太爷看中了。于是，跟庙里管事的和尚说，要砍去修官衙。住持维琳禅师叫小和尚在树上刮去一层皮，提笔在树上写了四句：

> 大夫去作栋梁材，无复清阴护绿苔。
> 只恐夜深明月下，误他千里鹤飞来。

第二天，砍树的工匠看了，半明半白地不知什么意思，也不敢随便动手，回去禀报县太爷。那时的县太爷不仅能文，作诗，好坏且不说，也大都能来两手，官场应酬是少不得的。这位县太爷是位雅官，应该也是位不坏的官，读懂了诗，于是，"乃罢"——保住了"大夫"松。(编按：此诗有多种版本，有兴趣的读者，不妨自行搜阅。)

封松树为大夫，始于秦始皇泰山封禅。从那时起，松树就有了爵位。这是中国文化的妙趣所在。洋人没有这样的品味。

维琳是当时名声不小的诗僧。这四句诗也没有硬说"不肯"。只委婉地说了两层意思。一是"无复清阴护绿苔"；寺庙前光秃秃的，岂不大杀风景？二是"只恐""误他"，仙鹤千里归来，到哪里栖息？

诗，有时候，还真管用。不过，得看在什么时候，遇到什么官。比如说，那位杭州的县太爷，至少，在这件事情上，我对他肃然起敬。

要是在不敬畏鬼神，更不敬畏鸟类的官员们的眼里，别说是你和尚的一首诗，就是庙里和尚全跑出来，叩头请愿，恐怕也不济事。更不要说什么"无复"也好，"误他"也好，老子照砍不误——这理由简直就是胡扯蛋。

有点文化的官，有点雅趣的官，古时很多。郑板桥先生就是一位。他在山东范县当县令时，判了这样一件案子，就很有人情味。

却说，范县有一座崇仁寺，崇仁寺附近有一个大悲庵。一庙一庵，都是佛门禁地，男男女女，离得太近，日子一久，怎免得了出事，更何况是两位年轻人？和尚尼姑就这样偷偷地恋上了。在当时，这可是一件丑闻。不过，那时候媒体不像现在这样发达，否则，恐怕也会像当今的影星歌星网红一样，弄到满城风雨。

詩趣雜談

郑燮（1693—1766），字克柔，
号板桥，清书画家、文学家，扬州
八怪之一

　　这一对犯了"佛门清规"的男女，被"捉将官里去"，送到县太爷公堂之上。幸亏，他们遇到了喜欢画画写诗的板桥先生。既没有让他们挨板子，也没有打屁股。问清情由后，还法外开恩，当堂"令其还俗，配为夫妇"。郑板桥的判词写出来也是诗。虽然，有几分"打油"味道：

　　　　一半葫芦一半瓢，合来一处好成桃。

　　　　是谁了却风流案，记取当堂郑板桥。

　　有味道的风流韵事，碰上了懂味的好官，留下了有味道的故事和好名声。

　　——留下了好诗。我想，这大概也是后人的杜撰。
　　、

【肆五】

比喻之妙

比喻，就是用甲比乙。甲乙两者之间，有某种类似的地方，我们拿来比较，以加深被比者的印象。这里说的"类似"，不是近，更不是同。我们可以以花比人，形容人之美，谁见过以花比花？用蜂蜜比糖，就没有多少意思。为什么呢？因为两者离得太近。所以说，甲与乙这一对相比的事物之间的距离愈大，两不搭界，比喻就愈新鲜，效果就愈好。钱锺书先生运用比喻，就常常出人意外。

他说："写文章好比追女孩子。假如你追女孩子，究竟喜欢容易上手的，还是给上手的？"——容易上手的其味寡淡。

又如："不幸的是，科学家跟科学大不相同，科学家像酒，愈老愈可贵，而科学像女人，老了便不值钱。"

又如："文学毕竟和生育孩子不同，难产并未断送他的性命，而多产只增加了读者们的负担。"

粗制滥造自然浅淡无味，难产才能出精品。

上举的几则，写文章与追女孩子；科学与女人，文学与生育，都毫不搭界，相距千里，但在比喻上却如此贴切、准确、有味。当然这里大都是小说语言，而非诗。诗要求简约，精炼，容不得许多的说明和铺垫。

我们还是回到诗上面来。唐代大诗人贺知章的七言绝句《咏柳》，几乎在各种选本中，都是上选。

碧玉妆成一树高，万条垂下绿丝绦。
不知细叶谁裁出？二月春风似剪刀。

此诗四句，两句设喻。碧玉，比树，以其色。丝绦状柳条，以其形。春风比剪刀，以其力，其功能，更是奇思妙想，神来之笔。第三句设问，把大自然的造化之功人格化。虽然只写了一棵树，却鲜明地表达了一种情绪——感悟春的美妙，对春的喜悦。

三个比喻，有明喻、隐喻、暗喻，贺知章先生是运用形象的高手。

说到咏柳，我以为第二名就应该让给杜牧了。来看看他的《柳绝句》：

数树新开翠影齐，倚风情态被春迷。
依依故国樊川恨，半掩村桥半拂溪。

"倚风情态被春迷"，只这一句，便胜过千言万语。这个暗喻不单是把柳枝人格化，连春也人情化了，由抽象而具象，柳也有了着落和生命。柳的神韵出来了，尤其是，柳的情韵出来了。逗引得溪柳村桥都一齐鲜活生动起来。要说贺知章、白居易是运用比喻的高手，那么，王维则更是高手中的佼佼者。《送沈子归江东》：

杨柳渡头行客稀，罟师荡桨向临圻。
惟有相思似春色，江南江北送君归。

这是一首送行诗，前两句很平常，交代送行的地方"杨柳渡头"，行客远行的方向"临圻"。第三句一转，如奇峰突起，迁想妙得。把别后相思这种看不见、摸不着的"情思"，而却又实实在在萦回于胸的"意绪"，用无处不在、无处不可见而又无处得以把捉的"春色"来比喻。而且，这春色无边无际，以至"江南江北"，始终伴随左右。

相思和春色，看来是毫不沾边，远不搭界，它们之间的可比处恰在"实实在在的有，却又渺渺茫茫的无"——这是比喻中的神来之笔。

比喻有明喻、暗喻、隐喻等等之分。上举贺知章的三个比喻，都是隐喻和暗喻。另一位唐代大诗人白居易，也是一位语言清新，晓畅，运用比喻的高手。《暮江吟》：

一道残阳铺水中，半江瑟瑟半江红。
可怜九月初三夜，露似真珠月似弓。

同《咏柳》不同，这里第一和第三句，全是平平实实的白话，"一道残阳""九月初三夜"这类日常口语。第二句也不事张扬，用了两种色彩，描写残阳落在江上，高低远近的色彩变化。最后一句，连用两个比喻，"露似真珠月似弓"（真珠即珍珠）。这两个比喻是不是白居易的发明，我没有仔细考证。因为前面铺垫很够，而且，两个比喻连在一起，我们读来，还是很形象，很有味。

带感情色彩的只有两个字"可怜"。这可不是我们常用的"可怜"的那个可怜，读过《红楼梦》的人该记得贾老太太，经常爱说"怪可怜见的"，那是怪"可爱"的意思。如果留意的话，我们还可以见到这种用法。

清代袁枚有一首不太被人注意的小诗，细读，很有味。《推窗》：

《云自无心水自闲》（林建 绘）

> 连宵风雨恶，蓬户不轻开。
> 山似相思久，推窗扑面来。

明谢榛引时人左舜齐语："一句一意，意绝而气贯，此绝句之法。"（《四溟诗话》卷一）这首小诗即用此法，第三句一转，出人意外，如奇峰突起。以山拟人，"推窗扑面来"，于是，全诗顿时便生动起来，意趣盎然。

唐代诗人张仲素有《春闺思》，也是如此，短短四句，句与句之间，似乎毫无关联：

> 袅袅城边柳，青青陌上桑。
> 提篮忘采叶，昨夜梦渔阳。

为什么"忘采叶"呢？所以如此失神落魄者，原来是"昨夜梦渔阳"。这春闺之思是动态的，她仿佛还停留在昨夜与远戍渔阳的丈夫相遇的梦境里了。

而同是表现思念远戍丈夫的"春闺之思"，在唐人金昌绪的笔下，完全是另一种写法，又有一种情趣。《春怨》：

> 打起黄莺儿，莫教枝上啼。
> 啼时惊妾梦，不得到辽西。

前者是昨夜的梦，已经梦过；此诗是今夜的梦，正在做或者说还没有做完。都是思念远戍的丈夫，在写法上却大不相同。前者是一句一意，句断意连；此诗则句句相连，句句紧扣。"打起"是让它飞到别处，"莫教"是不要惊醒了我的梦，我正在梦中同我的良人在辽西相会呢。

情真意切，珠圆玉润，两者都是绝句中的好诗。可见，绝句之法，是没有一定之规的。那一定之规是"情"，情是诗的魂，有了诗魂，诗就有了生命。

〔肆七〕 画眉隐喻

男女闺房之乐，属于隐私，很少有为外人道者。汉书有"张敞为妻画眉"的记载，虽只有简约的几个字，也被传为美谈，上了史书。可见，即便是在封建社会，中国人也懂得男欢女爱的闺房乐事。尤其到了魏晋，世道虽然很乱，人性光辉却格外张扬。夫妻男女闺房之乐又何止画眉？

唐代诗人朱庆馀这首写闺房之乐的诗，则别有怀抱。

《闺意献张水部》，诗名就已经透出了心机。历来选家们都很留意，传唱至今，甚至还常常被引用。

洞房昨夜停红烛，待晓堂前拜舅姑。
妆罢低声问夫婿，画眉深浅入时无。

绘声绘色，新婚夫妻恩恩爱爱情态毕现。然而，诗却别有意旨——这是考生临考前献给主考官的自荐诗。

无须解释，一眼就看得明白。就诗论诗，诗是写得很不错的。

诗以外还有没有"献"别的东西，我们就弄不清了。现代官场人没有那么"雅"，有几个能写诗？他们只会在礼物上打主意，变作花样讨上司的欢心。

张籍（约767—约830），字文昌，唐诗人，与王建齐名，世称"张王"

收到献诗的张水部（张籍）当然心领神会。这样的学生弟子收几个在身边，也不是坏事。于是，投桃报李，答谢一首，《酬朱庆馀》：

越女新妆出镜心，自知明艳更沉吟。

齐纨未足时人贵，一曲菱歌敌万金。

答诗同样写得不错，清新上口，比喻巧妙，还有一点民歌的味道。

齐纨是当时一种很名贵的丝织品。你的一曲采菱歌，比齐纨还要值钱，"出场费"就可以值一万两金子。

什么样的诗才是好诗？很难定出一个标准来。在我看来，朱、张的一唱一和，多多少少带了几分淡淡的脂粉气和名利气，虽然藏得很巧妙，应列入艺术上过得去、但品位不算很高的一类。本书之所以选出，要说的正在此，聊备一格耳。

许多人，尤其是书画收藏界，几乎无人不知徐渭这个名字。天池道人、青藤居士的书画作品，如今已经成了收藏界罕见的珍宝，拍卖行已经卖到了天价。五百多年前，这位才华横溢、命运与世相乖的奇人，大约做梦也不会想到会有如此的殊荣。

他对自己的评价是，"诗第一，字第二，文第三，画第四"，他把画排到最后。其实，这位堪称全能的艺术家还有一绝——戏曲。他一共写了四出戏，合称之为《四声猿》，得到了当时的许多文艺评论家，戏曲家，诗人，如汤显祖、黄宗羲、袁枚等人的高度评价。戏剧大师汤显祖甚至不无妒忌地说"此牛有万夫之禀"，称他为"词场飞将"。

如此艺坛奇才，却特别提到自己的诗，他把画当作随意乱涂的消遣。徐文长的诗，以题画诗流传最多。其中一首《题王元章倒枝梅画》：

皓态孤芳压俗姿，不堪复写拂云枝。
从来万事嫌高格，莫怪梅花着地垂。

不仅画如其人，诗如其人，字如其人，就连他的戏，其荒诞也如其人。他是明代以来艺坛第一怪杰。

对于诗画而言，有个性必有面貌，这是有普遍意义的艺术论。用来评价徐渭的诗、书、画、戏，恰到好处。有我，即有个性，否则，就只能跟在别人后面，当然就更谈不上创造了。这支"垂地的梅花"，正是诗人不愿与俗世为伍、清贫自守的写照和自况。

袁枚对徐渭的诗画特别赏识。《随园诗话》（卷十二·一六）云："题画诗最妙者，徐文长《画牡丹》云：'毫端顷刻百花开，万事惟凭酒一杯。茅屋半间无住处，牡丹犹自起楼台。'"所谓"聊取丹青意，写我苍莽胸"，正是此意，与他主张的大力倡议独创是一致的。其《题叶花南庶子空山独立小影》最后四句用在此处也颇为恰当：

我亦自立者，爱独不爱同。

含笑看泰华，请各立一峰。

泰山有泰山的雄奇，华山有华山的险峻，各有奇妙处，正在于它们的独和特。

徐渭身世之坎坷与遭际之不幸，玉成了他独特的孤傲的艺术个性，无论诗、书、画、戏曲，都自有面貌，绝不与时流同调。这首题画诗就是然如此。别人吟梅，大都从不畏严寒、傲立风雪入手，而他却从"垂地枝"着笔，故有"从来万事嫌高格"的感叹，才有对"俗姿"的敝弃，对"垂地枝"的一腔热情。

好的诗要有新奇的比喻，鲜明的形象，悠远的意境和感情，大体如此。

但也不尽然。

有些诗词，既无鲜明的形象，也无生动的比喻，却同样感人，读来也很有味。下面这首词，就全是过程的叙述：

> 月满蓬壶灿烂灯，与郎携手至端门。贪看鹤阵笙歌举，不觉鸳鸯失却群。　天渐晓，感皇恩，传宣赐酒饮杯巡。归家恐被翁姑责，窃取金杯作照凭。

这首《鹧鸪天词》的作者佚名，被称为"窃杯女子"，载清人王弈清等撰的《历代诗话》。于是，中外古今的历史上，不，中外古今的诗歌史上，就留下了这样一段光彩又不光彩、令人回味无穷且极富人性化的故事。

窃杯女子是自辩，不是文人作诗填词。但，情急之间，如此近乎强词夺理的辩白，却一样地感人，而流传至今。

这首词，有两点值得说一说。一是当时普通百姓的文化风气之盛和素养之高，二是官家的通情达理与宽容。

这首既无描写，也无比喻，全用口语的诗词，为什么流传至今呢？

质朴的美。

这是一个太平的世道（北宋宣和年间，再过几年就大不一样了），繁华的世道，与民同乐的世道，一个上下沟通的世道，一个有情有爱的世道，一个说理的世道，一个文明的世道，也是一个文化品味很高的世道。只有艺术家气质的风流皇帝宋徽宗，也是人性化的诗人，才能出现这样的雅事。

史学界有以诗证史之说。此词不仅可作"窃杯"女子之所以"窃"的辩护词，还可看出当时社会文化和经济生活的一个侧面，从中看出王公贵族与平民百姓以及家庭生活中的和谐关系——当然，我想，这只是在那个特定的场合和特定的人物关系上。

宋驸马王诜有一首《人月圆》词，说元夜官民同乐情景，可以参照：

> 小桃枝上春来早，初试薄罗衣。年年此夜，华灯盛照，人月圆时。　禁街箫鼓，寒轻夜永，纤手同携。更阑人静，千门笑语，声在帘帷。

有宋一代，都市经济发达，文化艺术，如绘画，园艺，建筑，印刷，瓷器，都达到了中国古代的最高水平，人民生活和文化艺术修养居于世界领先的地位，随之而来的便带来了社会风气的开明。王诜上面这首词就是最好的写照。这可不是皇宫内院，而是"千门笑语"，年轻男女们换上薄罗新衣去端门一带的大街上携手同游，去欣赏元夜花灯，到了更深人静，还在外面游乐忘归。

宋徽宗赵佶（1082—1135），北宋第八位皇帝，1100—1126年在位，自称教主道君皇帝，书画家、诗人、词人和收藏家，对瓷器、茶学、音律、金石学等俱有研究，自创"瘦金书"字体

　　王诜字晋卿，能诗画，妻英宗女蜀国长公主，拜左卫将军、驸马都尉。跟东坡、李公麟等友善，彼此唱和往来。可见，诗歌史上这段回味无穷的故事，不是文人杜撰。

　　宋徽宗虽然不是一位好皇帝，倒是一位极富人性的艺术家。他怎么会加罪于这位出口就成词的窃杯女子呢。可惜的是，这位诗书画艺称绝百代的艺术家兼风流皇帝最后把江山都玩掉了。

静趣雜談

下面一首，也很有人情味，一位女子邀请新相识的"郎"——男朋友到家里去做客吃茶。为怕找错了地方，详细地向客人描绘她家房子的样子、位置、地点，门前有一棵什么样的树，等等。平凡而又平凡，有一种真纯朴实的美：

> 临湖门外是侬家，郎若闲时来吃茶。
> 黄土筑墙茅盖屋，门前一树紫荆花。

其实，艺术都是如此，用最明白浅显的语言，说出情真意切的感情，就是好诗好文章。这首诗采自元人张雨的《湖州竹枝词》。

元代诗人虞集，也有这样四句：

> 钱塘江上是奴家，郎若闲时来吃茶。
> 黄土筑墙茅盖屋，门前一树马缨花。

两首诗，只有三处地方不同，"临湖门外"改成"钱塘江上"，"侬家"改成"奴家"，"紫荆花"改成了"马缨花"。显然，是同一首诗的两个版本。谁抄谁呢？不知道有没有研究诗词的专家对此作过考究。

我以为此诗前者较后者为优。前者是原作，后者是修改版。也就是说，后者抄前者，即诗人抄"侬家"，而且，抄得并不很好，露出了马脚。"临湖门外"何等具体，这一对男女不就是站在湖边说话吗？你到哪里去找"钱塘江上"？

马缨花，又名夜合花，羽状复叶，至夜，叶片双双叠合，故名。这种花很香，唐诗有这样的句子："夜合花开香满庭，夜深微雨醉初醒。"（窦叔向《夏夜宿表兄话旧》）虞集把紫荆花改为马缨花，显然是故作聪明，有暗示男女夜合的意思。请问，这样明显带挑逗意味的话，一位自称"奴家"的小女子，怎么说得出口？而且，这样一来，一首质朴自然的民间诗歌就变得猥亵而俗气了。

此诗的"诗眼"是吃茶。说到吃茶，在中国旧时民间是别有一种意蕴的——一种隐意也。有所谓"四方台子八方理"之说。比如，男方向女方行聘谓之"定茶"，有所谓"风流茶吃合，酒是色媒人"等。这隐意暗指的正是男女之间的事——相会，相约，相好，等等。

昆曲有一出戏，叫《借茶》。说的正是这层意思。戏里的二奶奶出场就是一个懒洋洋的呵欠，传神地表现了旧时女人百无聊赖，期待温存的那种微妙的精神状态。

昆剧名旦梁谷音说："《借茶》是一杯淡淡的绿茶，《活捉》就是一杯浓浓的咖啡。"可惜，现在，看昆曲的人少了，淡和浓的妙趣，就只能纸上领略了。

一首有味道的诗，不仅人见人爱，甚至，还有像前面提到的虞集一样，要设法"改头换面"，以据为己有。（编按：虞集比张雨年长十余岁，张雨有从虞集受学经历，这首诗源于民歌，谁抄谁的，恐难下断语。既是作者的一家之言，又不失有趣，姑且听之。）

清人郑板桥也喜欢"吃茶"。在他的集子里，"临湖门外""钱塘江外"，再一变而为"溢江江口"，好在，都还在"江

像 生 伯 虞

虞集（1272—1348），字伯生，
号邵庵，元文学家，元诗四大家
之一

南""水边"。这首竹枝词喜欢的人很多，也许还有第四首、第五
首，把它弄到更远的地方去。不过，我至今还没有发现。（编按：
元陶宗仪《南村辍耕录·卷之四·奇遇》："盘塘江上是奴家，郎若闲
时来吃茶。黄土作墙茅盖屋，庭前一树紫荆花。""盘塘"也有作"盘
陀"者。）

其实，郑板桥生前早就预料到会有这样的麻烦，写了一篇
《后刻诗序附记》，说得很明白："板桥诗刻，止于此矣。死后如
有托名翻板，将平日无聊应酬之作改窜阑入，吾必为厉鬼以击其
脑。"没想到，他自己就是雅偷。

不过，他还是一位真性情人也。

唐代诗人皇甫松，如果不是那位被"无端隔水抛莲子"的"年少"公子，就是诗中提到的那位"遥被人知"的那个"人"，否则，他怎么观察得这样明白仔细？或者说，不偷看得这样仔细明白，又怎么会描写得这样有趣传神？

我们都说现代女子开放，从穿着打扮到行为举止，甚至比男孩子还要大胆，勇敢。殊不知自古以来，江南民间女子就特别野，活泼而且开朗，尤其是情窦初开的少女。让我们来读诗：

船动湖光滟滟秋，贪看年少信船流。
无端隔水抛莲子，遥被人知半日羞。

诗名《采莲子》，却没有一个关于采莲的字，一句采莲的话，也没有一个采莲的动作。我想，是已经采完了莲子高高兴兴满载而归了吧。

写了一句"船动湖光滟滟秋"之后，那采莲船就没有人管了，任它随水漂流。采莲人在干什么呢？在看岸上的少年。而且还是"贪看"，可见看得很专注很动情。要不怎么会"信船流"呢？说的是船，写的却是人。那种忘情于船而专注于人的情景和神情，笔致妙极。采莲女不仅是贪看，而且，还故意挑逗性地，远远地抛

采蓮圖

壬寅春

《采莲图》（林建绘）

过去一个莲子。等自己回过神来，没想到，却发现有个第三者，站在另一边，正注视着这幕好戏，看见了这一切。于是，采莲女子羞得脸也红了，心头怦怦地跳起来。

这位第三者，注视着这幕好戏的人，当然就是诗人皇甫松了，于是引出了一首好诗。

诗人也要有本事才行。比如，他用了"无端"两字，就很有味。明明是"有意"，为什么却偏说"无端"？无端，没来由也，这采莲女子的"抛莲子"，天真里透出几分野性，几分动情的羞涩，很美。诗人抓住了这个动人的瞬间，传神地画出了这采莲女子的神态。

唐代诗人刘方平《采莲曲》中描绘出了采莲女形象的另一面：

落日清江里，荆歌艳楚腰。

采莲从小惯，十五即乘潮。

这是纯客观的描写。艳，可谓一字传神，细细的腰，体态轻盈，嘴里唱着歌，更加传神地写出了妙龄女郎天真俏丽的风情。在夕阳满天的江上，驾一条采莲船来了。

这里写的是她的形象的美、劳动的美，正是对抛莲子的采莲女俏皮天真，朦胧地追求爱情的精神面貌的补充。

经常看到在舞台上，在生活中，现代时髦女郎抛出去的飞吻、媚眼，早已习以为常了。莫不是现代姑娘们已经不会害羞了？

大诗人李白也从民间乐府中吸收营养，写过《越女词》：

耶溪采莲女，见客棹歌回。

笑入荷花里，佯羞不出来。

到底是大诗人，比上举刘诗好：描神尽态，如闻其声，如见其人，大手笔也。

李太白

太白少夢筆頭生花自是天才倬儻沈酣中撰文未嘗錯誤而與不醉之文類對籌事……嘗不出太白所見時人韓朝宗愛其詩放浪縱態擺脫俗你擬爲物象體格與杜甫倜其詩飄然有逸心志高喜縱橫擊劍晚好黄老云

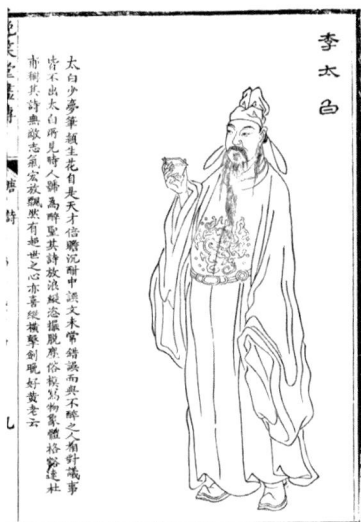

李白（701年—762），字太白，号青莲，又号谪仙，被后人誉为诗仙

　　此外，王昌龄也有"乱入池中看不见，闻歌始觉有人来"（《采莲曲二首·其二》）之类的句子，这就是纯客观的描写了。

　　诗人墨客向民间学习，向民歌学习，这传统自《诗》三百篇以来，代有其人，也代有佳作。这是我们诗歌不断发展的深厚的源泉。

小说要冷，诗歌要热。此话怎讲？

小说靠生活，诗歌靠想象。汪曾祺先生对此有深入的领悟。他说："我以为小说是回忆。必须把热腾腾的生活熟悉得像童年往事一样，生活和作者的感情都经过反复沉淀，除净火气，特别是除净感伤主义，这样才能形成小说。"又说："感情过于洋溢，就像老年人写情书一样，自己有点不好意思。"

而诗歌恰恰相反，热情是诗的酒酿，酵化而成想象。而想象，是诗人的翅膀。文学，尤其是诗，离开了想象，像人失去了灵魂。读读李白的诗，那神游八极、飘然思不群的想象，令人叹为观止。

下面这首七言绝句，不是想象而是观察，观察是想象的材料和基调。

南宋"江湖派"诗人戴复古是怎样观察的。且来读诗：

古戍荒鸿苦竹西，三间茅屋酒旗低。

江边树染红霞色，也学山翁醉似泥。

古戍，古战场；荒鸿，洪荒也。远远看去，连竹林也透出几分苦味。诗人一起笔就描出了几分苦寒，萧索、荒凉的古战场，一片落寞的村野环境。三间茅屋，

古戍荒鸿苦竹西三省茅屋酒旗低江边村落桑柘深昔人句

显然，还有几户人家，酒旗低低，偏远的江边山野，虽然贫困倒也安闲的生活气息呈现在眼前。接着，诗人着力描写江边的树了，而且，在树上做起诗来。什么树，没有说，多少树，也没有说。大概也只有几棵吧。诗人全都没有说。似乎全部精力都放在颜色上，只着力描其色——红得像天边的晚霞，这还不够，还要描其态，摇摇晃晃，东倒西歪地，像喝醉了酒的山翁。

诗人把景物人格化，让我们跟着诗人的眼，去领略别样的风情与意趣。这是诗的别格。

此前，我们只见物比人，这里，却反其道而用之，以人状物，把江边被风吹得东倒西歪、被晚霞照映得通红的树人格化。于是，整首诗，就显得格外生动有趣。这落寞荒凉的古戍荒鸿就顿时生动起来。

许多人认为，学者都是学究式的人物。但也不尽然，清代史学家赵翼就很有诗人气。我们来读读《野步》：

峭寒催换木棉裘，倚杖郊原作近游。

最是秋风管闲事，红他枫叶白人头。

学者写诗，能到此境界，也算是写得好的了，至少没有头巾气。把时序的变化算到秋风头上，虽然是在"做"诗，也要算难为他了。

林语堂先生在《中国人》（旧译《吾土吾民》）"中国人诗歌"一章说过这样一段话："诗歌教会了中国人一种生活观念，通过谚语和诗卷深切地渗入社会，给予他们一种悲天悯人的意识，使他们对大自然寄予无限的深情，并用一种艺术的眼光来看待人生。"林先生的话，或许可给这位学者型诗人几分肯定。

诗的别格——妙用谐音：

> 手捏青苗种福田，低头便见水中天。
> 六根清净方成稻，后退原来是向前。

谐音是中国文字特有的现象，经常运用于成语和诗词的创作中，产生一种特有的效果和味道。

契此是唐末五代时奉化岳林寺的和尚，据说，此人相貌奇丑，头大腹鼓，衣衫不整，到处云游，行踪不定。讲话也不僧不俗，出语无定，常常背着一个布袋，到处化缘，寝卧随处，人称他布袋和尚，以为是弥勒菩萨应化，名气大得很。

契此本是农家子弟，干农活自然不在话下，插秧更是能手。当了和尚以后，挑水砍柴，犁田插秧的功夫或许是修炼得更精了。据说，有一次，赵钱孙李四家同时请他插田，怎么办？契此却爽快地全部答应下来。怎么插的，我辈凡夫俗子，无由得知。只知道插完秧之后，主家酬谢，自然好酒好肉招待吃饭。也是四家一起来，怎么吃呢？凡夫俗子如我辈，自然也只好臆测。总之，契和尚虽有仙骨，也是馋鬼吃货，据想象，大概是分身有术，他竟然一家也没有拉下。最后，四家的田插好了，四家的饭也装进了布袋和尚的大肚子——吃好了。这时候，赵钱孙李们这才恍然明白过来，这个丑和尚原来法力无边。

这首诗就是他一边插秧一边歌唱的插秧歌。

前两句就插秧说插秧：第一句"福田"种下善缘；第二句"低头便见水中天"，是实也是虚，是景也是意。

第三句如奇峰突起，接着，"机锋"扑面而来。禅机妙趣，发乎自然。说是"机锋"，不同凡响，也只有得道的高僧才做得出来。"六根清净"是佛家语，眼、耳、鼻、舌、身、意，谓之六根，如今也很普及了。但用在这里，却语义双关。"根"，既是秧根，也是佛根。佛根清净，才能修成正果，秧根清净，才会成活，生长。"稻"又是一个双关，意与音双重的双关。稻者"道"也，稻也熟了，道也成了。

最后一句，进入禅的境界。"后退原来是先前"，在农村干过农活，插过秧的都知道，插秧时一边插一边往后退——所以，后退正是向前。

既是大实话，又有大禅机——藏在精妙的谐语里。

刘禹锡的"东边日出西边雨，道是无晴却有晴"，晴者情也，它来自民间，到了诗人手上，化出新意。而稻与道，却叫和尚用到了极致，如此自然，把生活中的佛理禅机，说得如此精妙，一点也不勉强。

民间文学中，这类巧用谐音的诗很多，很妙。

再举一例广东民谣："雨里蜘蛛还结网，想晴唯有暗中丝。"连用两个谐音。晴者，情也；丝者，思也。——这是从泥土里长出来的。

还是说这个和尚。何止是法力无边，诗力也无边。他可不是已经远去的历史人物，而是跟着时代的脚步，进入了现代——不信，你到各地的书店去看看，到处都有布袋和尚的身影。

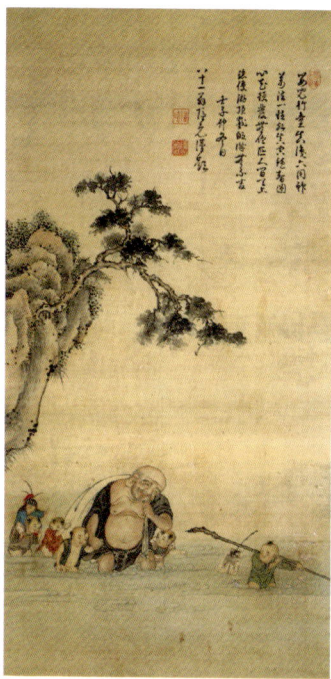

《布袋渡水图》（[日]渡边秀石绘，隐元禅师题赞，1672年）

〔伍四〕 情趣小品

诗的功能不单是言志、抒情、喻理，是不是也可以写日常生活中的平凡故事呢？我以为，难。

下面一首，就是一幕人物生动、性格鲜明、充满了生活情趣的小品剧。但选家、论家们都从她身边一晃而过，不屑一顾，也许是作者名不见经传吧。

前些年，赵本山的小品风靡每年的春节联欢晚会，看得人人如醉如痴。赵的小品有浓郁的东北农民的泥土气、生活味，俗而不媚。但此后许多人学赵而不得要领，弄出了许多俗不可耐的东西，令人生厌。

我们现在说的这阕词《霜天晓角》是另一类——带有几分江南小镇文人雅士的书卷气。我们来读读：

> 睡起煎茶，听低声卖花。留住卖花人问：红杏下、是谁家？　儿家。花肯赊？却怜花瘦些。花瘦关卿何事？且插朵、玉搔斜。

这是明末清初彭羿仁一首不太被人注意的极有特色的好词妙曲。其妙处全在趣味。

读词曲，首先要断好句，即标点要准。如第二阕开始一句："儿家花肯赊"，这五个字不是一句，要断开成两句话。前两个字是一句。如果断句没有断对，这首词是很难读懂的。词的第一句交代时间、事件。"睡起"，"煎茶"，"听"卖花人叫卖花。当然，也带出了诗里的三个人物：煎茶人夫妻和卖花人。下面是对话。

"红杏下、是谁家"，当然是大人用逗弄的语气在发问。问谁呢？这时候卖花人出场了，原来是一个孩子。她腼腆地答道：儿家。"花肯赊？"是买花人再一次逗孩子；"却怜花瘦些"，还是逗卖花人。这里的三逗，从语气上可以看出来都是那位煎茶的男主人在说话。前面的一逗，是大人同孩子们经常说的，就好像你家住在哪里一样平常。"红杏下、是谁家？"逗中含有几分亲切，没有半点欺负的意思。所以，那孩子腼腆地答了一句"儿家"。这两个字既交代了卖花人的身份，又巧妙地从语气里带出了孩子的神情语态。后面两句就有些故意作难的意味了，谁跟一个卖花的孩子赊账呢？既问人家赊不赊，又要怜人家的花"瘦些"。这两问，也是故意的逗。但在孩子心里，这半是认真半是玩笑的逗，却有几分当真的意思，叫人感到有些难堪了。诗中虽然没有正面写孩子的反应，但我们从另一位买花人，她是早就在场了呢，还是此刻才出来呢？虽然，词中没有明确的交代。但，我们还是可以从整篇的语气里读出来。她是最后出场的，也是为这卖花人解围的。

"花瘦关卿何事？"说这话的买花人正是戴花人。看见卖花人不高兴却又不说话"怪可怜见"的样子，她同情起孩子来了。花瘦花肥关你什么事？不是买给我戴吗？这显然是在责备为自己买花的先生，同时也是替卖花的孩子解围，打抱不平，缓解一下气氛了。这插进来的另一个人物，使此诗增加了许多情趣。我们不能忽略了这个"卿"字。"卿"明明白白地交代了特殊的人物关系。这应该是新婚的小两口，所以才如此亲近，亲近得反而站在卖花人一边。最后一句，"且插朵，玉搔斜"（玉搔是玉搔头的省称，即玉簪，因汉武帝李夫人以玉簪搔头，所以称玉簪为"玉搔头"），还是女买花人的话。她对先生说：来，给我选一朵，帮我斜插在玉搔头上。

此词之妙，全在意趣。全篇没有使用一个形容词，全以通俗的口语，通过对话，三个人物的语气、神情和相互关系表现得生动传神，惟妙惟肖。语言的张力给读者提供了想象的空间。

有些人说，诗里只有两个人。一是没有注意那个"卿"字。卖花人是小孩子也好，是大人也好，是不会说"卿"的。一是不合卖花人的口气，小孩子不会说"卿"，即算卖花人是一位老妇人，也不会用"卿"，这也不合她的身份。"卿"有亲的意思。再说，如果那样理解的话，这诗的味道就要大打折扣，意趣索然了。

这是一出意趣横生的生活喜剧，一篇小小说。短短的几十个字里，人物有了，故事有了，戏剧性也有了。

写到这里，我就想起那些崇洋媚外的学者们来。每次，不小心碰到他们的大作，碰到那几十甚至上百字的长句，我就觉得难过。他们实在应当从这些短小精炼的诗词曲里，学学怎么使用我们自己的语言。

前面我们说过简约之美，那么，繁复呢？对于以情取胜的诗来说，有时，循环往复，也能造成一种荡气回肠的艺术效果。在民歌中，这样的例子很多。下面，我们试举一首：

东边一棵树，南边一棵树；

西边一棵树，北边一棵树。

树、树、树，系不得郎舟住。

前面四句，东南西北，四面都是树，后面再连用三个"树"，一句紧似一句，语气越来越强烈，最后一句，"系不得郎舟住"，把全诗拢了起来。这诗，朗读起来效果最好，要把握好节奏，由慢而快，由缓而急，如催人的鼓点，把一位痴心女子对那位负心汉子的近乎责备的期待表现得淋漓尽致。意思是说，到处都是树，怎么就拴不住你的心呢？

这里巧用了一个暗喻，而节奏在这首诗里更显出了特殊的艺术魅力。我想，这首诗与乐府中《采莲曲》没有什么关系。因为，它不是文人创作，不过，他们的源头活水，则是一样，来自民间，来自生活。是一种带着泥土气息的民间口头文学。

177

《一片一片又一片》（林建 绘）

江南可采莲，莲叶何田田，鱼戏莲叶间。

鱼戏莲叶东，鱼戏莲叶西，鱼戏莲叶南，鱼戏莲叶北。

这种诗又叫做"相和歌辞"，是江南一带采莲女子采莲时，一人唱众人和的歌。和唱增加了欢乐的气氛和韵味。

如果我们留意一下身边，生活中不乏这类语言，甚至，无须提炼，就是诗。

下面一首吟雪诗，据汪曾祺先生说，是他七岁读一年级时读过的一篇课文：

一片两片三四片，五片六片七八片；

一片一片又一片，飞入芦花都不见。

他说，"飞入芦花都不见"，有趣，又美，至今读来，仿佛回到了童年的故乡。

或许正是儿童们见到下雪时随口唱出来的歌谣，出自童心的直觉的欢叫，没有任何修饰，也不计较声韵，因为出自天籁，出自自然，常常就是最好的诗。

前三句都是数字，就眼前所见，数也数不过来，但这数也数不过来的背后，在这纷纷扬扬飘飞的雪花里，从这明快的音乐般节奏里，你难道没有感觉到诗人那种近乎儿童般天真快乐的心情吗？

繁复造成一种特有的艺术效果，即节奏感，也就是它的音乐性。它不是语义的简单重复，而是意义的强调和加深。

繁复不仅在诗歌中经常运用，在叙事文学作品中也累见不鲜。

〔伍六〕 摄神尽态

古代没有摄影机，靠画像，但画像只能画静态，画动态就更难。画史上留下的名画家像，仅吴道子、顾恺之、李公麟等几位而已。即便是西方的油画，画人物动态，总免不了工具的局限性。描画人物，诗比上面说的种种就更不容易了。诗的主要功能是抒情，用一支抒情的笔去画人物，难；画急速奔驰瞬息万变的动态场景，就更是难乎其难了。但有本事的诗人却喜欢这种挑战。

在唐代这样一个诗人辈出的时代，张祜不能说是顶尖高手，但本事也确实不小，诗写得很到位。在写打猎的诗歌中要算上品。读读《观魏博何相公猎》，就知此言不虚。

> 晓出禁城东，分围浅草中。
> 红旗开向日，白马聚迎风。
> 背手抽金镞，翻身控角弓。
> 万人齐指处，一雁落寒空。

镜头远远地摇过来。晨光中，只见一支队伍从远处禁城东面出来，渐渐地，队伍分成两支，向那一片开阔的浅草丛中围过去。一杆红旗正向着太阳飘过来，显得分外耀眼。此时，只见一匹白马迎着风，像飞也似的奔驰而至。越来越近，我们也看得越分明。镜头聚焦在那骑白马的将军身上。此时，只见他反手从背在身后的箭囊中抽出一支亮闪闪的金箭，矫健灵活地猛一翻身，眼睛像鹰似的盯向半空，搭上箭，拉开弓——说时迟，那时快，千万人屏声静息，随着那支飞驰的利箭向空中望去，一只大雁从半空中掉落下来，人群顿时发出一片欢呼。

用诗来刻画，就像用特写镜头摄影。要抓住最传神的瞬间，最有表现力的动作与神态。诗文承继，一脉相传。

让我们来读读《史记·李将军列传》记述李广"夺马南驰"的一段故事：

胡骑得广，广时伤病，置广两马间，络而盛卧广。行十余里，广佯死，睨其旁有一胡儿骑善马，广暂腾而上胡儿马，因推堕儿，取其弓，鞭马南驰……匈奴捕者骑数百追之，广行取胡儿弓，射杀追骑，以故得脱。

真是绘声绘色，尤其是绘出了神采。

看看唐代诗人胡令能的一首《小儿垂钓》：

蓬头稚子学垂纶，侧坐莓苔草映身。
路人借问遥招手，怕得鱼惊不应人。

小孩子学大人的样: 钓鱼。——蓬着头，还是刚学呢，但样子倒蛮像回事。——侧坐，全神贯注; 还怕水里的鱼看见了自己，躲在草丛里。前两句，写外部形象，已经能看出他的全身心投入了。此时，就偏偏有人打扰，"路人借问"，问什么呢? 不知道，无须说，也无关大局。"遥招手"，当然是钓鱼的童子的回答。以手势作答——别出声。第四句是诗人在为童子解释。为什么"遥招手"而不说话? "怕得鱼惊"所以才"不应人"。

王安石（1021—1086），字介甫，号半山，封荆国公，谥号文，北宋政治家、思想家、文学家，唐宋八大家之一

　　童子学大人样，又依然不脱童子气的样子最逗人爱。短短一首七绝把这种情态捕捉到极致而入化境。

　　王荆公说，"丹青难写是精神"（《读史》），写诗亦然。这孩子的"精神"写出来了没有呢？

　　在唐代，胡令能，不过算是一位"小"诗人。

　　我们再来看看另一位唐代叫崔道融的诗人，也是刻画形象的高手。也是写童子。这童子又是什么样子？我们来看看《溪居即事》：

　　　　篱外谁家不系船，春风吹入钓鱼湾。

　　　　小童疑是有村客，急向柴门去却关。

　　一首纪事写人的小诗从哪里切入？第一句正见出诗人的功力。谁家那么粗心，不把船系好。"春风"两字，似于无意中点出时间，船被吹到了钓鱼湾去了。孩子是好生事之徒，亦最怀好事之心者。船到了钓鱼湾，远远地，急切间，看不很分明。引起他起了疑心：村子里来客了（他多么希望有客人来），快跑，去开门去。

这一幕春天里寂静的小渔村的故事，只有一个小主人——小童。而且，这故事，是这位小童的一个错觉。

诗人告诉我们的，似乎不多，但唤出我们想象的却不少。我们的眼前有了这样一个溪边的小渔村，小渔村里有这样一个可亲可爱而又好客的孩子。他以为家里来了客人，高兴得一路飞脚，向柴门边跑去——还会发生什么故事吗？诗人没有说，留给我们去想象。

现代诗人聂绀弩也是以诗写人的高手，而且，别有韵味：

长身制服袖尤长，叫卖新刊北大荒。

主席诗词歌宛转，人民日报颂铿锵。

口中白字捎三二，头上黄毛辫一双。

两颊通红愁冻破，厢中乘客浴春光。

活画出了一个热情活泼，充满活力，读白字，衣服又不合身，脸蛋冻得红红的可爱的黄毛丫头的形象。前面六句全是述说，最后两句一句描画小丫头冻得红红的的脸，结句写车厢里乘客的气氛，衬托了小丫头给大家带来的欢乐。写到这里，不由得想起聂先生的遭遇，在那样的情况下，居然还有心情写这样快乐的诗。

有人说，"他把自己的苦情藏得好深"。我以为，应该读读他这一时期更多的诗，便会懂得，他用他的幽默，用他的机智，通过写诗来消解痛苦，与现实抗争。

人一出了名，就会有几分傲气。便是和尚，也不例外。

齐己是晚唐著名诗僧，只要看看下面一首，你就知道，他是有资格狂傲的。且看《早梅》：

万木冻欲折，孤根暖独回。

前村深雪里，昨夜一枝开。

风递幽香去，禽窥素艳来。

明年如应律，先发映春台。

这样的诗，只要一首，不，也许，只要"前村深雪里，昨夜一枝开"两句，就足以让后生一百年世称"梅妻鹤子"的北宋林逋礼敬十分了。

据说，还是在湖南湘西道林寺的时候，有一次，乾康和尚慕名去见齐己，童子挡驾说，我家师父是诗人，不同不会作诗的人来往。

师父出了名，身边的童子也跟着目中无人起来。乾康无奈，随口来了四句（《投谒齐己》）：

隔岸红尘忙似火，当轩青嶂冷如冰。

烹茶童子休相问，报道门前是衲僧。

这位烹茶童子原原本本报告师父。齐己一听大喜，急忙亲自出门迎接。

这脱口而出的四句，其实是很有些讽喻味道的。世态炎凉，红尘里一片喧嚣，为名利忙忙碌碌，就连这深山老林寺庙里的和尚，也如此冷眼待人？结尾一句，看似谦逊平实，却隐隐藏着几分傲气。

乾康诗名虽不及齐己，但诗却不在齐己之下。我们看看下面这首《赋残雪》：

> 六出奇花已住开，郡城相次见楼台。
> 时人莫把和泥看，一片飞从天外来。

结句气势不凡，豪气干云，透出几分仙气。我猜想，大约也是负气之作。在现实生活中，这位乾康和尚大约不止一次受过这样的冷遇。"时人莫把和泥看，一片飞从天外来"，飘然不群，有几分傲气，所谓时人者，显然是有所指的。

结果当然可以想象，两位诗和尚成了至交。

我有一位忘年交俞润泉先生也有一次这样的遭遇。那是谢晋在湘西王村拍《芙蓉镇》的时候。这位俞先生早年同谢晋很熟，正好去王村旅游，听说老友在这里拍戏，自然想去会一会，在宾馆门口却被挡驾了。

俞先生名气不大，彼时又是刚从劳改队里出来，他把这段经历写到了诗里：

> 与德驷游王村，知旧雨谢晋在执导电影《芙蓉镇》，欲往见，但宾馆拒不接受访员，请小童执条致谢公，欣然约会。
>
> 宾馆高悬谢客牌，芙蓉小镇且徘徊。
> 满街大字疑复旧，一曲新歌意始回。
> 甜水自能留好女，雄山曾是驻枭才。
> 牧儿争说晓庆姐，昨日翩翩岭上来。

这诗，倒是没有和尚那样的仙气，但功力不俗。后来，还同谢晋、刘晓庆合影留念。

谢晋是名导，哪里有工夫接见各方来的访客？这倒也是现实中难免的事。不过，谢晋不仅没有忘记老朋友，还为之介绍"新朋友"。那时候的晓庆姐，名气还没有现在这样大，再说，有谢导在，哪能驳人家的面子。所以，俞老先生的诗，竟有"牧儿争说晓庆姐，昨日翩翩岭上来"的句子。

俞君不仅诗写得好，词也极有功力。而且，也很有几分敢见大人物的胆识和勇气。二十世纪四十年代，他一个初出茅庐的无名小记者，就敢于在重庆国共和谈时，第一个去采访毛润之先生。那一次，竟没有遇到乾康和尚那样的麻烦。

俞公一生坎坷，晚年失声，人已作古，只留下一本小小的诗集《菫葵集》。可惜，装帧印刷都极简陋，除了一些至交亲友，知道的人不多，但都是真正的感人之作，同他的命运一样，思之令人唏嘘。

刻画人物，以小说见长。因为，小说有充分的空间，你可以游刃有余地铺排描写。诗就难了，难就难在诗的篇幅短，字数少，以及音韵等等方面的限制，如果是律诗，还得讲究对仗平仄。所以，自唐宋以降，除非长篇歌行，很难找到几首刻画人物的诗。中唐王建这首《赠小尼师》的五律，应是这类诗的佼佼者。

新剃青头发，生来未扫眉。

身轻礼拜稳，心慢记经迟。

唤起犹侵晓，催斋已过时。

春晴阶下立，私地弄花枝。

全用白描手法，既无用色，也不用喻，像一幅素描人物画。第一、二句，写外貌，从头上写起。刚刚剃了发，头皮光光的，也没有画过眉。走起路来像燕子一样轻巧，行礼跪拜，动作一点也不拖泥带水。但念起经来就心不在焉了，总是记不住。早晨老是恋床，叫也叫不醒。等到起来，斋饭早过了时间。这都是述说，最后两句，是传神之笔，也是全诗之眼。是描画，画她的动作，画细节，给她一个特写镜头：春天来了，天气晴和，她，站在阶下，一个人，偷偷地玩弄花枝，她在想些什么呢？

王建（约767—约830），字仲初，唐诗人，与张籍齐名，世称"张王"

　　诗人没有告诉我们，小尼师自己也没有说。但这无意间一个细微的动作，却泄露了天机，留给我们无尽的想象和叹惋。

　　一个刚进庵院的小尼姑的形象活灵活现出现在我们面前。这里面，藏着诗人隐隐的同情和深深的怜惜。这是说的初进庵的小尼姑。那么，入道有些年头的尼姑呢？王建不是尼姑，他只是一个旁观者。

　　会写诗的女尼常常会透露出她们隐秘的心思：

　　玉露金风报素秋，穿针楼上独含愁。

　　双星何事今宵会，遗我庭前月一钩。

　　写诗的女尼叫德容，明末清初人。这是她写的《七夕》两首之一。秦观名词《鹊桥仙》"纤云弄巧，飞星传恨，银汉迢迢暗度……柔情似水，佳期如梦，忍顾鹊桥归路"，独对寒灯青卷的女尼与混迹青楼的风流秦学士不同。在七夕这个特别的日子，对于相爱着的情人，对于离别着的夫妻，对于经历了生活的风风雨雨，还相依傍的人们，对于千千万万在这个晚上仰望星空的眼睛，是多么令人难以释怀？淌泪，叹息，祝福，思念和想望。但对于独守空门的尼姑，却别有怀抱："双星何事今宵会，遗我庭前月一钩"，甚至是怨怼，是不忍，或许，是女人的忌妒？

会写诗的尼姑不小心泄露了内心的秘密，那是因为她们道行不深，六根未尽。也许，王建笔下的小尼姑二十年后就是这个样子。

而了断红尘的和尚做起诗来，味道就不同多了。且读《姚江》：

沙尾鳞鳞水退潮，柳行出没见渔樵。

客船自载钟声去，落日残僧立寺桥。

这是南宋昙莹和尚的一首七绝。空灵，淡远，清逸，萧散——"落日残僧立寺桥"的形象，令人想象无尽——没有几十年修道，到了六根清净的地步——写不出这样毫无尘世烟火气的绝妙好诗来。

袁枚《随园诗话》（卷九·七一）云："郭晖（宋人）远寄家信，误封白纸。"其妻答诗曰（按：该诗亦有多种版本，文字小异，人物不同）：

碧纱窗下启缄封，尺纸从头彻底空。
应是仙郎怀别恨，忆人全在不言中。

一封不写一个字的信，现实生活中有没有呢？要不是无意的搞错，就有些近乎荒唐了。尤其是跟自己所爱的人，所想念的妻子写信，怎么会一个字一句话也不写呢？不过，现在我们就遇到了这么一位妙人儿。

寄信人暂且不去说他，收信人会怎么办？他能读懂这封"尺纸从头彻底空"的信？

处于情深意笃的夫妻，或热恋中的少男少女，这时的智商常处于一种非正常状态：不是最高，便是最低。所谓爱之愈深，思之愈切，甚至走火入魔，想入非非。"尺纸从头彻底空"，便是热恋中的一方干出来的荒唐。

非常或者说荒唐，需要用同样非常规的思维去解读，去领悟，去接受。否则，我们就无法读懂这首诗。

"应是仙郎怀别恨，忆人全在不言中"，果然，两情相知的恋人是"心有灵犀一点通"的。收信人懂了，

《居人思客客思家》（林建 绘）

我们也懂了。这个世界要是没有"荒唐"，就太乏味了。懂了，荒唐就成了正常，诗，才更有韵味。

虽是想当然，但想象合理自然。南宋诗人吕本中有一首《听雨》，与此有异曲同工之妙。

日数归期似有期，故园无语说相思。

芭蕉叶上三更雨，正是愁人睡觉时。

计算着什么时候回家，却一天又一天地耽误了，只有痴痴地想望。思人无眠，"正是愁人睡觉时"的那个愁人，不是也在想吗？很显然，这是从李商隐的《夜雨寄北》一诗中脱胎而来的，但脱胎得没有痕迹，脱胎得更有深意。

同样的手法，白居易也有一首《邯郸冬至夜思家》：

邯郸驿里逢冬至，抱膝灯前影伴身。

想得家中夜深坐，还应说着远行人。

这是白居易的风格，白描，叙述，平易，不着一点色彩。这里说的色彩，尤其是感情色彩，在这一点上，他似乎特别吝啬，而这正是他的诗的高明处。唯其如此，给人的想象空间就愈大，感情的容量也就愈大。

第二句是一幅人物速写，七个字，时间，地点，环境，气氛，情景，人物都有了，含量极大。突出的是抱膝坐着的人，灯照出人的影，人和影相伴，孤独而又冷寂，在旅途中如此况味，人何以堪？此时，只有思念，怀想：想象家里的人也正在想念自己。

王维有"遥知兄弟登高处，遍插茱萸少一人"，一样，正是"居人思客客思家"的另一个版本。这是他乡游子的思家至切的写照。

诗，抒情，亦有别格，也可以刻画人物。宋人许顗《彦周诗话》说："诗人写人物态度，至不可移易。"怎么写呢？

意思是写谁像谁。进而问，怎样才能写谁像谁呢？

曰：写他们的风貌，从大处写他们生活状态，活动的环境；写他们的举止行为，从细部勾勒，着色。

我们来看看唐代大诗人杜甫是怎么写人的。《少年行》是一首七言绝句：

马上谁家薄媚郎，临阶下马坐人床。

不通姓字粗豪甚，指点银瓶索酒尝。

这可真是位蛮不讲理的家伙，随随便便闯进人家家里，莽莽闯闯地跑到人家家里。"坐胡床"，有的版本作"踏胡床"。那时的床叫交床，实际上是一种可以折叠的轻便坐具，用踏更传神。这小子也不通报姓名，也不打招呼，这还不打紧，还强横霸道地指点着问人家要酒喝。短短四句，活画出了一个少年无赖的生动形象。但我们不要误解误读，这只是他的一面，不拘小节的一面，粗豪的一面。这是大唐少年人物带有鲜明时代精神——游侠气的表现。

大诗人王维也写了很多同一诗题的诗：

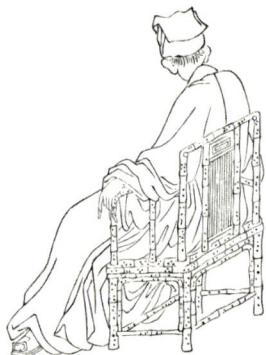

摩诘平生诗名冠代复工草隶善画思入神品至山水平远云根石色皆天机所到学不能及性好佛衣裳不聚晚居三十年常蔬食不茹荤血斋中所经案退朝焚香独坐以禅诵为事摩景度表辋川第为寺葬于其西

王维（701?—761），字摩诘，唐诗人、画家，被苏轼誉为"诗中有画，画中有诗"，并有诗佛之称

新丰美酒斗十千，咸阳游侠多少年。

相逢意气为君饮，系马高楼垂柳边。

了解唐代的时代风气，了解当时公子哥儿们是怎么生活的，感悟当时的时代风尚，读读这样的诗，我们就大体有了印象。豪爽英武，意气风发，奋发敢为，疆场效命，正如上一首我们看到的，在生活上他们也许不拘小节，有点粗鲁，但却是堂堂正正的英雄壮士男子汉。

诗人是高手，根本就不写他们具体做了什么，也不写功名成就，只写一种氛围，一种情境，即便是一个动作"系马高楼垂柳边"，也大而概之。其余的，就交给了读者自己去想象，去涵泳，这少年的英武之气全在你的意会之中了。

但这还不够，我们得再读读王维的同名的这一首：

诗趣杂谈

一身能擘两雕弧，虏骑千重只似无。

　　偏坐金鞍调白羽，纷纷射杀五单于。

　　前两首，一写他们的平时生活的浪漫和粗豪，甚至不拘小节，一写他们的豪爽和英武之气。这一首，则具体而微地表现他们纵马疆场，勇冠三军，深入敌阵，胆气冲天，英武杀敌的英雄气概。他们骑术高超，箭术高超，"偏坐金鞍调白羽"尤为传神。

　　盛唐时代许多诗人写过同样题材的诗，这三首诗是代表，像三部曲，从不同的方面着力，有全貌有细部，从平时战时多角度来刻画，给我们一个整体印象。

　　这就是大唐气象，是大唐少年人物的一组速写。

生活处处有诗

生活中处处有诗，在诗人的眼里。不同处就在于有没有诗心，有没有一双诗人的慧眼。

大诗人杜甫，就是这样的诗中圣手。

不过，很多诗人常常有怪癖。记得梁实秋先生在一篇文章中调侃说，在生活中，诗人就常常是一个笑话。为什么呢？因为，他们常常同别人不一样，喜欢发神经。

家里来了一个客人，用梁先生刻薄的话说，这"神经"怎么发？

但杜甫能，也只有他有这样的能耐，有这样的雅兴，还有这样的功力和本事。不仅能，还能在没有诗材的地方作出流传千古的好诗来。

在这方面，第一要数孟浩然，闻一多先生对他研究最透：他说，谈"孟浩然的诗"，不如谈"诗的孟浩然"——孟浩然几乎没有诗，更没有什么惊人警策，他平和得几乎没有诗，因为他本身就是诗。

第二就要让老杜了——他也有这样的本事——在无诗处做出诗来。

家里来了一个客，这诗怎么作？且读读老杜的《宾至》：

幽栖地僻经过少，老病人扶再拜难。

杜甫（712—770），字子美，号少陵野老，被后人誉为诗圣

岂有文章惊海内？漫劳车马驻江干。

竟日淹留佳客坐，百年粗粝腐儒餐。

不嫌野外无供给，乘兴还来看药栏。

诗是怎么作出来的呢？

先说自己，住在偏远荒穷，少有人来的穷乡僻壤，逼仄得连你的车马都没有地方停靠，只好让你停在江边上。你从那么老远的地方来看我，实在高兴极了。可惜，我老了，走路还要人扶呢，只好不拘礼节，不能起身迎拜了。别听人家瞎吹，我哪有什么了不起的惊人之作，不过胡乱写几首诗自己玩玩吧了。你要是不嫌弃，就多住些日子，陪你讲讲话。这里离市井远，粗茶淡饭，没有什么好招待。要是高兴，随时欢迎来，看看我园子里种的菜蔬和几味草药。

这就是诗，平平淡淡，实实在在，但如此地真纯，如此地深切，这是感情酵化出来的诗。然而，何止只有情？还要有千锤百炼的语言。

"幽栖地僻""老病人扶"；"岂有文章惊海内""漫劳车马驻江干"；"竟日淹留佳客坐""百年粗粝腐儒餐"。真是驾驭语言的圣手，出神入化，出人意外，佳联妙对，音韵、节奏，出神入化，又如此巧妙，而且毫不费力，随手就来，令人叹绝。

另一首《客至》中，也有这样的佳句："花径不曾缘客扫，蓬门今始为君开。盘飧市远无兼味，樽酒家贫只旧醅。"

梁先生说诗人是一个笑话和神经病之语，我想，当然指的是那些无病呻吟的、咿咿呀呀的"现代派"诗人。

有如此真挚深切的感情，加上如此出神入化的语言，老杜，只有老杜，才能把七言律诗玩到了极致。

郁达夫是近代旧体诗写得最好的人之一。也是命运最坎坷，遭人物议最多的一位。谈旧体诗，就民国的诗人而言，他无疑也是最重要的一位。他的许多警句、妙对，至今仍常常被人提起、引用。兹随便举几例：

曾因酒醉鞭名马，生怕情多累美人。

——《钓台题壁》

中酒情怀春作恶，落花庭院月如钩。

——《春闺二首·其一》

客子光阴空似梦，美人情性淡宜秋。

——《宿钱塘江上有赠》

人来海外名初贱，梦返江南岁已迟。

——《除夜有怀》

一肩行李尘中老，半世琵琶马上弹。

——《晓发东京》

上举都是七律中的句子。其实，他的七绝也极好，几乎无一首无警策。我们随便举一首。以绝句品评历史人物，是尤见功力的难事。一要有识见；二要有创见，不能炒现饭；三要有巧安排。短短四句，二十八个字，要达到上面的要求，绝不是件容易事。

越是大家熟悉的，越难。许多人或许不太清楚钱牧斋在晚明政治文学以及入清后历史事件中的种种，但他与柳如是的故事却深入人心。请看达夫先生的四句：

虞山才力轶前贤，可惜风流品未全。

行太卑微诗太俊，狱中清句动人怜。

达夫是诗人，最后一句，就颇有英雄相惜的意思，并没有把他说得一无是处。这种把人品和诗品区别对待的态度，是极其难得的。尤其是在达夫所处的那个儒家道德观时代，没有卓尔不群的勇气是不敢这样说的。

我们谈诗，不是谈诗人。还是回到"把情绪物化"。让我们读读这一首《秋宿品川驿》：

溪声催梦中宵雨，灯影摇波隔岸楼。

虫语凄清砧杵急，最难安置是乡愁。

安置，用在这里，一下就把乡愁这个看不见摸不着的东西物化了。乡愁，不只是那种挥之不去，留之难耐，却之无形，招之无影的一种情绪，而是沉甸甸地压在心头的说不清道不明的实在。

化无形为有形，然而，即使你把握了"红是相思绿是愁"（顾随《浣溪沙》句），然而，这缥缈无端，撩不断，理还乱，不时袭上心头的意绪，情怀——乡愁，你安置得了吗？

然而，诗人能。他把这最难安置的乡愁安置在诗里。

诗趣杂鼓

　　一个中日混血的私生子，一个热血满腔的革命者，一个天才横溢的诗人，一个痴情纯情的多情种子，一个时而出家，时而"回家"，时僧时俗、浪迹天涯的游子，这许多的价值不同的元素，共生在一个年轻的生命里，教人如何担待？是有声有色、多姿多彩、灿烂辉煌，还是挫折失意、无尽无边的痛苦？

　　于是，便造出一个绝无仅有的刹那间横空而过的彗星——情僧诗人苏曼殊。他《本事诗》说：

　　　　碧玉莫愁身世贱，同乡仙子独销魂。

　　　　袈裟点点疑樱瓣，半是脂痕半泪痕。

　　袈裟——和尚的袍子同瓣瓣樱花，女人的脂粉同和尚的眼泪，这本就无法调和的、极端两极的矛盾体，就这样调和在一起。再看《过若松町有感示仲兄》：

　　　　契阔死生君莫问，行云流水一孤僧。

　　　　无端狂笑无端哭，纵有欢肠已似冰。

　　他的每一首诗都是歌哭，是血，是泪，是浓得化不开的情，这情在冰火中煎熬。他用诗照他的影，描他的形，铸他的魂——一个真实的独一无二的苏曼殊。

　　然而，他只能走向空门，他在《失题二首·其一》里去寻找解脱：

禅心一任娥眉妒，佛说原来怨是亲。

雨笠烟蓑归去也，与人无爱亦无嗔。

他怎么能"归去"？六根未尽，他的面前全是女人，色彩和尘世未了的孽缘。

茅店冰旗知市近，满山红叶女郎樵。

——《过蒲田》

嬴马未须愁远道，桃花红欲上吟鞭。

——《淀江道中》

扑面而来的滚滚红尘，全是色彩和情缘。山也多情水也多情，就连"四山风雨总缠绵"（《海上·七》）。这位"娇波媚靥，尊前席上"（《鹊桥仙》）、"手摘红樱拜美人"（《步元韵敬答云上人》）、吐纳皆诗的情种，却偏要逃向空门，偏要去做个和尚？

他为什么要逃向空门？情，这个东西，太认真，太痴情，得到的才最真、最珍。何况一位诗人。就像游戏，态度愈认真才会玩得愈精，但一旦失去，面前便如同天翻地覆，人，也失去了灵魂。

苏曼殊承受不了这样的毁灭，便只有逃避。然而，他又放不下，丢不开，撇不清，忘不了，于是，他在冰与火的两极中熬煎。

这熬煎出来的就是诗。

在清末民初的诗人中，如果说到七绝，他是当之无愧的佼佼者。何以然？情是诗的神，真是诗的魂，都凝聚在如此矛盾的生命里了。

我只好也用一首歪诗来描他的魂，写他的神。但不幸，描出来的也只能是一个模糊的影：

果然彗星外天来，绝世才情万事乖。

美人帐下千行泪，不向空门何处排？

王国维说，"一切景语皆情语"，这是说诗的语言的一般规律，但我们不能绝对化。有时候，景语就是景语，与情没有什么关系。

下面一首，就是指的这种情况。且看唐人崔道融《溪上遇雨二首·其二》：

坐看黑云衔猛雨，喷洒前山此独晴。

忽惊云雨在头上，却是山前晚照明。

四句诗，句句是画，句句写景，写夏天遽然而至的黑云，忽又飘然而去的"猛雨"。写云雨刚刚还在前山，自己正庆幸，可话还没落音，云雨忽然淋在自己头顶上。而刚刚下过雨的前山，却晴了，夕阳把那里照得明亮亮的。此诗四句，用极具色彩和力度感的"猛""喷洒""忽惊"等词语，刻画入微。把云之色，雨之猛，山之晴明变化，雨之来去，可谓穷形尽相。我想，诗人在写这首诗时，想到的大概只是觉得很有味道，很好玩。或者，如何表现遭遇这场"猛雨"，突然降临头顶，本身就有一种写作挑战的快感。

说它是一幅浓笔重彩的泼墨泼彩画，一点也不为过——或者说，与情毫不相干。如果硬要同情扯上一点关系，那或许就是兴奋之情了。

这种夏秋之交的突如其来的骤雨，许多人都遇到过。辛弃疾《西江月·夜行黄沙道中》词中有"七八个星天外，两三点雨山前，旧时茅店社林边，路转溪头忽见"。天上还看见星星，山前却稀稀落落地下了两三点雨。虽只有一句，用一"点"字，形容其粗、疏，也很传神。

东坡先生有《六月二十七日望湖楼醉书》，写的正是这种黑云猛雨。我们来比较一下。崔是在溪上，苏在湖楼；前者途中遇雨，淋了个痛快；后者喝醉了酒，悠悠然坐在楼上观雨。

黑云翻墨未遮山，白雨跳珠乱入船。

卷地风来忽吹散，望湖楼下水如天。

黑云翻墨，指突来的乌云从头上盖过来。"跳珠"二字最形象，雨点打在湖面上溅起一颗颗水珠，亮闪闪地，溅到船板上来，打得船板噼啪作响。忽然，一阵风刮过，把雨云吹散，雨又不知被刮到哪里去了。雨过天青的湖面景色，一片明净。"望湖楼下水如天"，诗人陶醉在这景色里。

崔诗刻画入微，遇景写景，真真切切，不涉情，亦不涉意，但有趣。这趣，是"遇雨"之趣，写"遇"之趣。苏诗写雨来雨去的情景，结尾，荡出一笔，写湖上风光，开阔中多了几分韵味。

这些景语，只是景语，跟情扯不上关系。但都是好诗。所以，诗又有一解，曰兴趣。兴趣就是味道，有这种兴趣的人，是有品味的人，有品味的人而又能写出好诗来，苏东坡先生是首屈一指的人物。

←《忽惊云雨在头上》(林建 绘)

诗有别格，这里说的别格，是从写法，特别是从句式组织一个极特殊的孤例来说的。至今，还没有发现第二首诗，用如此明白晓畅的口语，和这样一种特殊的句子形式，来表达诗人的入骨的相思之情。

唐代金昌绪这首《春怨》，之所以令人一读即不能忘，在此：

打起黄莺儿，莫教枝上啼。
啼时惊妾梦，不得到辽西。

"打起黄莺儿"，这第一句来得非常唐突，一下子就把人抓住了。自然会教人发问："打它作甚？""莫教枝上啼"，这回答自然不能满足提问者的好奇心。于是，再来一个解释：惊醒了我的梦。惊醒了你的什么好梦呢？最后一句，"不得到辽西"，到这里煞住了。是不是最后的答案呢？也不是。

起得突兀，收得也突兀。

最终答案是什么呢？留下来叫读者自己去想象，去体味。顺着这思路走下去，我们自然就明白了"不得到辽西"者，是一个没有做完的梦——辽西有自己的所思所想所牵挂的良人。

这是一首奇诗，妙诗，一环紧扣一环，一句紧接一句，这就叫入骨相思。

汉语以其特殊的语音，字义和词语结构，使我们的近体诗，产生一种任何语言也无法企及的特殊魅力。

女诗人陈玉兰的《寄夫》，则又有其特别之处。

夫戍萧关妾在吴，西风吹妾妾忧夫。

一行书信千行泪，寒到君边衣到无。

陈玉兰是唐代著名诗人王驾之妻。可惜，这首诗不是她们自身生活的写照，要不，这一对诗人夫妻如此深挚缠绵的爱情，将会演绎出多么动人心魄，可歌可泣的故事来。

此诗与上面一首一样，也是通俗口语，既无用典，也无比兴，感人而易记诵。

此诗读来令人一唱三叹，如行云流水，起伏跌宕，意韵悠长。

"句中对"在旧体诗中常常使用，但此诗一共四句，句句都用句中对，而且，对得非常自然，流畅，与感情的层层推进，环环相扣。

"夫戍萧"（萧关在今宁夏固原东南，为自关中通向塞北的交通要冲）对"妾在吴"，"风吹妾"对"妾忧夫"，"一行书"对"千行泪"，"寒到君"对"衣到无"。连绵相对而环环相扣，而无半点做作和勉强，语言极其平易通俗，感情愈见真切。

在唐人七言绝句中，句中对连用，四句都用，而且用得如此自然，流畅，这是唯一的一首。

此诗的另一个特点是字的重复使用。本来，近体诗要尽量避免使用重字。在短短二十八个字的一首诗中，字词的重复出现，如使用不当，容易造成意义和声韵的板滞。但此诗却跳出了这个藩篱，反其道而行，四句中有三句用重字。全诗出现了四次重复，而妾字连用三次，但读来却一点也没有沾滞之感，反觉别有韵味，造成一种一唱三叹，回环不尽的音乐美感。诗意与音韵相得益彰，珠联璧合，吟哦之间，更增加了由念夫到忧夫、哀怨缠绵的感人力量。

陈玉兰是一位名不见经传的小诗人，在《全唐诗》中也只存了这一首诗（金昌绪也是只存诗一首）。但，这就够了，一首好诗胜过千百，历史便记住了她。正是"万绿枝头红一点，动人春色不须多"（或谓唐人诗，或谓王安石《咏石榴花》）。

上面谈的两首独一无二的好诗，一出自男人之手、一出自女人之手，可见，女人真的动了心、动了情，作起诗来，也是丝毫不输于男人的。

许多人都读过唐人崔护《题都城南庄》诗，因此，这也是一首很有名的诗：

去年今日此门中，人面桃花相映红。
人面不知何处去，桃花依旧笑东风。

这首诗浅显易记，明白晓畅，自有其可取处，被选入唐诗三百首，其身价倍增，历来被人重视，至今传唱不衰。其实，这是一首极其平庸的作品。文学史上这样的事例并不鲜见。特别是对于那些不爱动脑子，喜欢人云亦云，吃现成饭的人来说。

这是一首怀旧诗——怀念自己曾经见过，甚至暗恋过的女子。今日，旧地重游，桃花依旧而伊人已渺矣。诗中"笑"字，给读者传递的情绪是，轻飘飘的一丝儿遗憾，淡淡的。不过是一次偶然罢了。

张泌《寄人》一诗，几乎与此故事，经过完全一样，但感情，格调，品味就高多了。

别梦依依到谢家，小廊回合曲阑斜。
多情只有春庭月，犹为离人照落花。

一个梦字，误导了许多粗心的诗评家。清代诗评家李良年《词坛纪事》云："张泌初与邻女相善，作《江神子》词……后经年不复相见，张夜梦之，写七绝云云。"

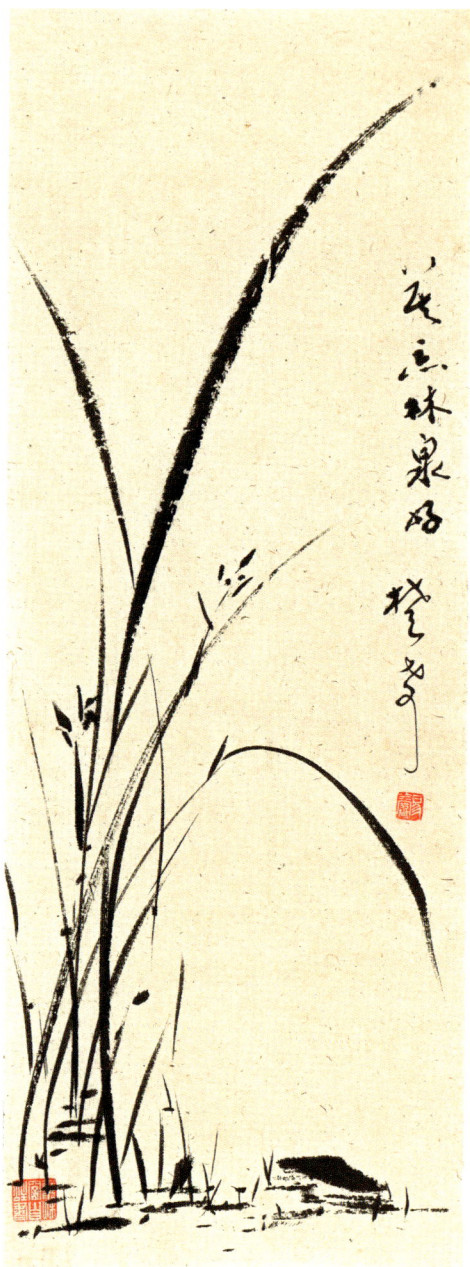

无忘林泉好（易楚奇 绘）

即此。

张泌，唐末五代人，李良年，清人，怎么知道他是"夜梦，写七绝"呢？李误读"别梦依依"，于是，此后的诗家评家，也跟着做起"梦"来。

毛泽东《到韶山》起句"别梦依稀咒逝川，故国三十二年前"，就不是做梦。而是说离开故乡，三十二年像梦一样过去了。"别梦依依"与"别梦依稀"两者用法完全一样，是感叹往事如烟，不堪回首。

下面是实景而非梦境："小廊回合曲阑斜"，显然是诗人与谢家女子昔日相伴游乐的地方。不解人情的"春庭月"，此刻，似也"解情"，照着无语的"落花"，愈增离人怅惘之情。

那位张泌怀念的女子是何等样人呢？我们来读读上面提到的《江神子》（即《江城子》）下阕：

浣花溪上见卿卿。眼波秋水明，黛眉轻。绿云高绾，金簇小蜻蜓。好是问他来得么？和笑道：莫多情。

词比诗更好懂。卿卿的样子很美：明亮亮的眼睛，细而黛黑的眉，头发高高地挽在头上，上面还簇着蜻蜓一样的玉簪，天真而清纯。问她知道不知道喜欢她，她害羞地笑起来，说：莫多情。

同是旧地重游，同是人去楼空，同是物是人非，而主人，即诗人的人情就大不相同了："人面桃花"是偶然的邂逅，所引起的一厢情愿的爱恋和对美的冲动、欣慕。"桃花依旧笑东风"，是浅，是露，是几分轻薄的低俗。而《寄人》则深而蓄而雅。读诗，一定要读出声来，读出声来，情韵和味道就都出来了。然后，再来比较一下，你就会品出来两者的高下，判若云泥。

但可惜，我们的许多选家们都不太用脑子，而喜欢人云亦云，于是，"人面桃花"之类的二三流作品，就这样被选上了。

给远在军中的丈夫写信，在唐人诗歌中很多，其中不少是文人代拟之作。上面那首《寄夫》是文人之作，但这个文人——陈玉兰是女人。下面这一首，也是出自"戍人之妻"本人，不过这个女人应该不是文人。

仔细品味，文人诗与民间诗无论从用字、选词、用意上都有很多的不同，虽然并不是很容易就能看出来。《竹枝词》《采莲曲》等，从民间底层生活中汲取养分，善于借用，活用民风民俗中隐语、暗喻、谐音，或方言故实等，使作品充满了诙谐与机智，虽近俚俗，粗放，但朴实，热辣，生动活泼，妙趣无穷。

如下面一首，题为《怀良人》（编按：此诗亦有数种版本，署名各异，有男有女）：

蓬鬓荆钗世所稀，布裙犹是嫁时衣。

胡麻好种无人种，合是归时底不归？

标题"怀良人"显然是后人加上去的，试想，一个女子给军中的丈夫写信，怎么会加一个文绉绉的题目呢？

作者叫葛鸦儿，这名字也有些怪，正如同这诗"怪得有趣"一样。

此诗在唐时流传很广，先是在边塞军中，因为收信人是一位军士。于是，传来传去，传到民间，再到文人手上。经粗通文墨的人一改，除加上这非常勉强的题目之外，连作者的名字也搞错了。

鸦，当是丫鬟的丫，荆楚一带民间，除大户人家，女子只用小名，或称乳名。出嫁以后，加男家姓，成为某某氏。父母为儿女取名，不会用不吉的字。比如乌鸦，在民间被视为不祥之物。我们常讥讽说不吉利话的人，叫乌鸦嘴。即此可以推断，"鸦"应作"丫"。葛鸦儿应是葛丫儿之误，这是没有疑义的。

读懂此诗，首先要弄清第三、第四句。

"胡麻好种无人种，合是归时底不归"，胡麻即芝麻，是外来品种，大约是汉唐时引入江南荆楚一带，如胡椒、胡琴一样前面冠一"胡"字。诗人选用胡麻，即取自民间种芝麻要男女两人一起下种的故实。芝麻结子，男女一同下种也。民间这类风习很多，如种芫荽（俗称香菜，亦称胡荽），就要一边种一边说一些男女房事的粗话，如此种出来的芫荽才茂盛。盖芫荽中意"咸湿"也。宋僧文莹《湘山野录》卷中载，冲晦处士李退夫做事矫怪，一日在后园种芫荽，一边低声念叨，"夫妇之道，人伦之始"，不绝于口。不待种完，有人造访，于是便叫儿子接着种，接着复述。不料其子更加精灵鬼怪，却说："大人已曾上闻。"

民间流传的这类故实，看似无厘头，但却充满了人情和生活情趣。

理解了第三句"胡麻好种无人种"，前两句就好解了。

"世所稀"者，显然含有赞美的意思。"蓬鬓荆钗"有几分不雅，怎会"世所稀"呢？汉刘向《列女传》有云："梁鸿妻孟光，荆钗布裙。"在这一对恩爱夫妻眼里，对于美的判断是大异常人的。"蓬鬓荆钗",即"鬓云散乱",对一个女人而言,应含有两层意思,一是不修边幅,蓬头散发,另一层呢? 则可视为风骚与性感。我们如果联系下面一句"布裙犹是嫁时衣",就很好理解了。昔日新婚时穿着布裙,在洞房花烛之夜如胶似漆的欢爱……蓬鬓荆钗与嫁时的布裙,明显地暗含着夫妻间的挑逗。一位期待丈夫早日归家的女子,把自己新婚时那种"鬓云散乱"风情万种的情状,袒露在所爱的人面前。

"合是归时底不归",带着半是娇嗔、半是责备、半是期盼的诘问,期待着心上人回家来。这首短诗虽不是"竹枝词"之类的民间歌谣,但却是民间女子之作,因而,显出几分粗朴、放纵与野性的民歌原色,比"人面桃花"之类公子哥儿们的寻花问柳的故事朴实千万倍。

葛丫儿有名还是无名呢？这名是好事者安上去的一个符号而已。所以，有名实则无名。但民间的无名诗人，常常比有名的诗人写得好。看看下面这首唐诗，连诗的名字"杂诗"两字，也是好事者加上去的，这名字加得没有道理，也不好：

旧山虽在不关身，且向长安过暮春。
一树梨花一溪月，不知今夜属何人？

"不"，是不能，是无奈也。"虽在"，又有什么意义呢？第一句就叫人为之动容。"且向"是"不能"与"无奈"的进一步深化，是只好，是没有办法的办法。再加上一个"过暮春"，就更叫人愁肠百转了。

"一树梨花一溪月"，难道是不关身者，能够如此清晰，如此神往，如此牵挂的吗？不说一轮月，不说一弯月，而用"一溪月"，不是巧妙地也伤感地回忆，诗人在溪边与自己念念不忘的那个人，徘徊赏月的美好记忆吗？结句"不知"就不单是遗憾，更是无奈的伤感和怨恨了。

然而，仔细品味，我们便能读出其中的深意来，"不关身"者，正是关心至切的反说。显然，这是诗人葛丫儿对曾经有过的美好爱情的怀念，和一旦失去后无可奈何的怨叹和悲吟。

情深意切，感人肺腑。葛丫儿大概只是一位民间女子业余诗人，其名不见于史籍，也没有发现她的第二首诗，因为亲身体念，才写出了如此痛切的歌吟。

诗人常常从民间无名诗人中吸取营养，唐代常建有一首《落第长安》诗，明显地看出了两者间相似的痕迹。

家园好在尚留秦，耻作明时失路人。

恐逢故里莺花笑，且向长安过一春。

两者一比较，后者学前者的痕迹明显可见。甚至在句法上也近似。但优劣立见。一者太坐实，如"尚"如"耻"，如"恐逢故里莺花笑"等，这种"且向"的坐实，还有几分小家子气，几乎没有想象的空间，不过是落第后无颜见故乡亲朋的无奈，在感情上没有力度。即便让人产生几分同情，也不能感人。而无名氏的诗，则空灵，我们无需追问这"不"和且向"的因由，却不能不为诗人对表面——美好故山景物，实则是对失去的情人的眷恋之情所感动。特别是第三句转得灵妙，看似写景，实则，正如王国维说的，"景语，皆情语也"。"一树梨花一溪月，不知今夜属何人"，失去的东西愈美妙，愈令人难舍难忘，在感情上给人的震撼愈大。我们甚至可以把它放大，推衍，延伸。

诗，需要读者的参与，需要知音的领悟，诗，才有生命。

诗的好坏与诗的感染力密切相关，与诗人自身是否动情有关。前者之痛是失去了相恋相爱的情人的深切的悲怨伤痛；而后者不过是一次落第后愧见故里的羞惭。两者在感情的深度上是不一样的。

葛丫儿这个名字，大约是一位民间女子。无名诗人的名，留在他的作品上，只要有此一句"一树梨花一溪月，不知今夜属何人"，也就够了。

《一树梨花一溪月》（林建 绘）

〔陆九〕春风不染白髭须

　　如今，很多人到了年纪，或者，像东坡先生一样，忧患一生，便"早生华发"了。于是，要想办法染黑，早晨，对着镜子，在心理上便增加了几分信心和安慰。我是早在几年前就开始了，自己骗骗自己也是好的。

　　后来，在古籍中发现，古人有时竟同我们恰恰相反，他们不是把白发染黑，而是将黑发染白。清学者洪亮吉《北江诗话》卷二载："徐知诰辅吴之初，年未强仕（编按：四十岁的代称。语本《礼记·曲礼上》："四十日强，而仕。"），以为非老成不足压众，遂服药变其须鬓，一日成霜。"

　　不知道是一种什么神药，而且是"内服"，竟能一日成霜。

　　官场看来是今古相同，光是资历，才干还不够，还得有一把年纪，才能服众。皓然白发，使人在心理上油然而生敬意。"宋寇莱公急欲作相，其法亦然"（出处同上），寇準也是用这种办法，把胡子染白。我们看京剧舞台上的"八千岁"寇莱公，果然是一大把白胡子，原来竟是染的。

　　唐代的白居易也是一位很好玩的人物。他之所以把满头须发染成白色，见识和趣味都要比上面两位强。他不是为了升官服众，而是为了去寻求诗中的趣味。他有这样一句，"白须人立月明中"（《杪秋独夜》）。想想那境界，朗朗月色，白须人站在月光下，那飘然若仙的样子，的确令人为之神往。白居易染须发风流至极，达到了古今中外的高境界和高水平。

袁枚私淑白香山，有《染须》诗："买染须药如买酒，年年中介驰京口。欣逢长书陶通明，肯赐刀圭变老丑……"洪亮吉因此调侃他："公事事欲学香山，即此一端，已断不及。香山诗曰'白须人立月明中'，又云'风光不称白髭须'，而公欲饰貌修容，是直陆展染须发，欲以媚侧室耳。"（《北江诗话》卷二）闻者无不大笑。

不过，袁枚不以为然，他在《随园诗话》（卷八·四四）说："讳老染须，似非高人所为。南朝陆展有'媚侧室'之

青山隐隐水迢迢，秋尽江南草木凋。二十四桥明月夜，玉人何处教吹箫

杜牧 寄扬州韩绰判官 楚奇 於德海悟楼

219

讯。然司空图清风亮节，唐季忠臣，其诗曰：'髭须强染三分折，弦管听来一半愁。'可知染须亦无伤于雅士。"

忘了在哪里，我曾经为一位画家画的枯木新枝题过一句这样的话："老树着花无丑态，春风不染白髭须。"其实，又何止有感于那老兄满头白发？

唐杜牧《在送隐者一绝》云：

无媒径路草萧萧，自古云林远市朝。

公道世间唯白发，贵人头上不曾饶。

我琢磨了很久，这结尾两句，不是没来由，而是转得太突然。从诗题来看，应是对隐者的安慰，而不是自况。看来这位隐者是曾经做过官的，否则，何必用"市朝"二字？

只有王维，才吃透了此中滋味，他的《叹白发》似乎有些消极，"空门"其实是"隐"，这是古代士大夫们唯一的退路：

宿昔朱颜成暮齿，须臾白发变垂髫。

一生几许伤心事，不向空门何处销。

夫真隐者，心隐也，非身隐也。

真隐是心隐，便白发何妨？

　　送别，无论古人今人，在生活中是经常发生的事情。骨肉亲朋，总免不了有分手离别的时候，或近或远，或久或暂，此时此际，怎么去安置那依依惜别的心绪和惆怅的情怀？

　　要在这许多名篇佳作中进行选拔，是一件十分困难又十分有趣的事。我们不妨来试一试。

　　李白的"桃花潭水深千尺，不及汪伦送我情"，顺手牵来，太不费力气；"孤帆远影碧空尽，惟见长江天际流"送人者的情意绵绵；"挥手自兹去，萧萧班马鸣"（《送友人》），苍凉中有几分豪气。王勃的"海内存知己，天涯若比邻。无为在歧路，儿女共沾巾"（《送杜少府之任蜀州》），少年豪气，壮阔胸襟，令人奋起，正是大唐气象。到了宋人笔下，就是"曲岸持觞，垂杨系马，此地曾经别"（辛弃疾《念奴娇·书东流村壁》），就连豪放如辛稼轩也不免伤感起来了。

　　如何忧而不伤，哀而不怨，让送者和行者安置好那份挥之不去的离愁？

　　在所有的送别诗中，王维的一首七言绝句《渭城曲》，自是首选。千年以下，堪称绝唱：

　　渭城朝雨浥轻尘，客舍青青柳色新。

青山横北郭，白水绕东城。此地一为别，孤蓬万里征。浮云游子意，落日故人情。挥手自兹去，萧萧班马鸣。

李白诗

楚奇

李白《送友人》（易楚奇 书）

劝君更尽一杯酒，西出阳关无故人。

春天里，天上下着小雨，有几分寒意。细雨中，青青柳色似乎也被淋湿了似的，空气那么清新。这样的送别场景，就连那一点淡淡的忧伤也是明亮的，潇洒的。殷勤劝饮中，藏着多少无法言说的关念、企盼和感慨。在这萦回不尽的意绪里，却又透出几分边塞的豪情。

忧而不伤，落落大方，恐怕只有唐人才做得到。

寒雨连江夜入吴，平明送客楚山孤。

洛阳亲友如相问，一片冰心在玉壶。

这是唐人送别的又一个版本，王昌龄在《芙蓉楼送辛渐二首·其一》第一、二句中，写送别的地点、环境、情景，把大量的信息集中在短短的十四个字里：江边、平明、楚山、一整夜的撩人愁绪的苦雨，还飘着几分寒意。此时此际，离人相对，该说点什么？却倒是远行的诗人来安慰洛阳的亲友们，留下了一颗冰清玉洁的心。

唐代另一位诗人许浑的名气没有王昌龄响亮，他的一首《谢亭送别》，如果不说比王诗更好，更耐人寻味，至少，也是送别诗中的上乘之作：

劳歌一曲解行舟，红叶青山水急流。

日暮酒醒人已远，满天风雨下西楼。

劳歌，即送行离别的歌。李白有《劳劳亭》：

天下伤心处，劳劳送客亭。

春风知别苦，不遣柳条青。

离人已远，日暮酒醒，独立西楼，满天风雨，此种况味，何等撩人，他把这种无法排解的离别之苦留给读者们去吟咏。

宋人范成大的《横塘》，则更加空灵、邈远，他用几组意象织成一幅韵味无穷的画面，让我们进入那境界，去感悟：

南浦春来绿一川，石桥朱塔两依然。
年年送客横塘路，细雨垂杨系画船。

江苏吴县的横塘古渡因此而成了送别的代名词。清新却又朦胧，明快而又忧伤，细雨垂杨，待发的画船停在岸边，那况味真令人愁绝。此诗却半句也不涉及情，通篇写景，然而，却句句撩人。王国维所谓"景语即情语"，最为分明。就像一对离人，尽量克制感情，若干年后，依然牢牢地记住了离别的那个地方，石桥，朱塔下的横塘，还有那细雨蒙蒙杨柳依依的撩人愁思的情境，留给人无尽的余味。

前者情何以堪，后者韵无以尽。这韵味是远去以后悠悠的惆怅。

我记得《白蛇传》结尾处，许仙在湖边唱道："猛抬头，共伞处，风景依然——"

斯人已远，旧情不再，多少春情依恋，多少伤心往事，回首之间又现眼前，令人肠断——这不也是诗吗？

郁达夫游杭州西湖有诗道，"江山也要文人捧，堤柳至今尚姓苏"（《咏西子湖》）。

去过西湖，吟过西湖的诗人太多了，坡翁也只能占得了一个苏堤。白居易比东坡更早，既在那里做过官，也在那里修过堤，更写过诗，西湖当然不会忘记，把白堤记在他的账上。李白游庐山，写庐山瀑布，也许是他游过写过的地方太多，反让人不知如何叫好了。

白居易有《白云泉》一诗：

天平山上白云泉，云自无心水自闲。

何必奔冲山下去，更添波浪向人间。

于是，吴中第一泉，"名遂显于世"（宋朱长文《吴郡图经续记·卷中·山》）。

达夫的"江山也要文人捧"是不错的。如果要说到一首诗对一个地方的影响力，那么，南朝梁何逊的扬州、唐朝杜牧、刘禹锡的扬州、宋代姜白石的扬州，都要给他们重重地记上一笔。还有清康乾时期的金农、郑板桥等号称扬州八怪的画家们，这些大名鼎鼎的文人骚客，或诗，或词，或画，或他们的风流韵事，在扬州历史的辉煌里添上了更大的辉煌。而名头远逊于以上几位的唐代徐凝的《忆扬州》，若论贡献，却毫无

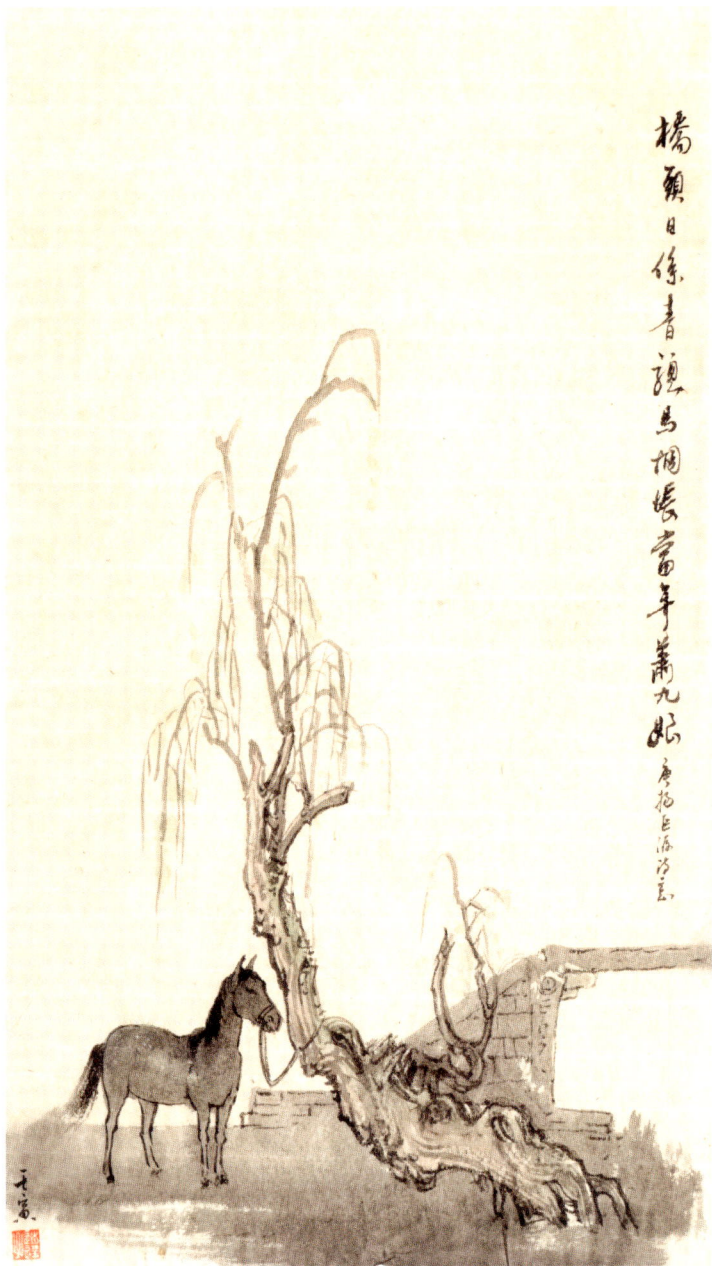

桥头日系青骢马（桥头日系青骢马）（林建 绘）

疑问,当入选第一名。

> 萧娘脸薄难胜泪,桃叶眉尖易觉愁。
> 天下三分明月夜,二分无赖是扬州。

从此,扬州的明月就因"天下三分明月夜,二分无赖是扬州"而占尽了风光。明月当成了扬州的招牌,让扬州记住了诗,诗记住了扬州。

桃叶,是晋王献之爱妾名,后成为美人的代称,在诗人笔下经常出现。萧娘,南北朝时泛指女子,唐人因用为实典。例如,唐代诗人杨巨源有"风流才子多春思,肠断萧娘一纸书"(《崔娘诗》)句。又如,近现代思想家、中国共产党主要创始人之一的陈独秀有《灵隐寺前》诗:"桥头日系青骢马,惆怅当年萧九娘。"

诗人怀念的是人,是像萧娘、桃叶一样美艳妖娆的女人。准确一点说,诗人怀念的是在扬州度过的那段风流岁月——在月光明媚的夜晚,同美人游乐饮宴的快乐时光。"萧娘脸薄""桃叶眉尖",至今令人不能忘情,在那样的晚上,明月如水。天下三分明月,二分都在扬州。

说实话,要不是后面两句这无理中的有理,无情中的多情,这诗也确实不是什么了不得的好诗。关于此诗的原意,人们虽然懒得去深究,但跟风的人却很不少,他们太喜欢"扬州的明月"了。

元代萨都剌把这两句移进自己的《寄奎章学士济南李溉之》诗:"天下三分秋月色,二分多在水心亭。"他把扬州的明月搬到了济南水心亭。

到了清代,一位叫陈素素的广陵青楼才女,干脆把它顶在自己头上,号"二分明月",并有《二分明月集》传世。扬州还有人

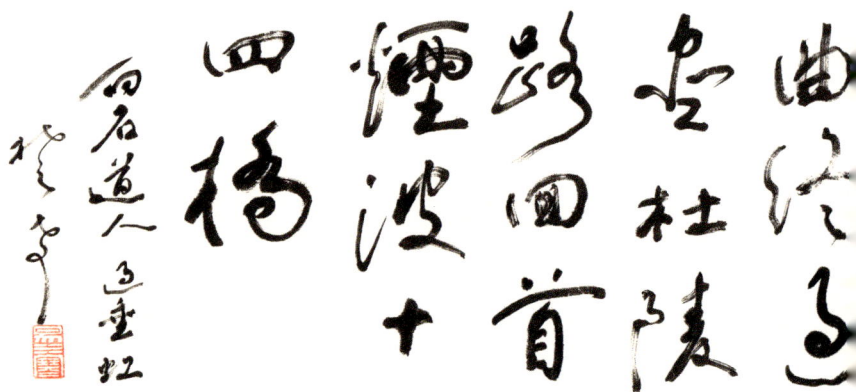

姜白石《过垂虹》（易楚奇 书）

附庸风雅，以之为其私家园林命名，曰"二分明月楼"（清钱咏题
匾）。那时候，没有专利和商标注册，否则，徐凝早发财了。

其实，吟扬州诗，唐代比徐凝好的多得难以尽记：

　　十里长街市井连，月明桥上看神仙。

——张祜《纵游淮南》

　　夜市千灯照碧云，高楼红袖客纷纷。

——王建《夜看扬州市》

　　二十四桥明月夜，玉人何处教吹箫。

——杜牧《寄扬州韩绰判官》

　　十年一觉扬州梦，赢得青楼薄幸名。

——杜牧《遣怀》

在众多的咏扬州的词中，姜白石的一首扬州慢词，或许应列
入首选，虽然他不被王国维看好。

王国维在《人间词话》里，对姜白石很有几分贬义，"白石

《暗香》《疏影》格调虽高，然无一语道着"，"白石写景之作，如'二十四桥仍在，波心荡、冷月无声'，'数峰清苦，商略黄昏雨'，'高树晚蝉，说西风消息'，虽格韵高绝，然如雾里看花，终隔一层"。

这批评有些武断，以个人的偏爱作为艺术标准，去衡量艺术风格不同的诗词之作，自然就令人难以苟同了。我们且来读读白石咏扬州的名篇《扬州慢》：

淳熙丙申至日，予过维扬。夜雪初霁，荠麦弥望。入其城，则四顾萧条，寒水自碧，暮色渐起，戍角悲鸣。予怀怆然，感慨今昔，因自度此曲。千岩老人以为有《黍离》之悲也。

淮左名都，竹西佳处，解鞍少驻初程。过春风十里，尽荠麦青青。自胡马窥江去后，废池乔木，犹厌言兵。渐黄昏，清角吹寒，都在空城。　杜郎俊赏，算而今、重到须惊，纵豆蔻词工，青楼梦好，难赋深情。二十四桥仍在，波心荡、冷月无声。念桥边红药，年年知为谁生。

"自胡马窥江去后"领起，写扬州一派萧索景象，感慨万千，所谓今昔之悲，以景触情，感人至深。在同类中当称难得的佳作。同是南宋词人的张炎《词源》说："白石词如《疏影》《暗香》《扬州慢》……等曲，不惟清空，又且骚雅，读之使人神观飞越。"清人陈廷焯《白雨斋词话》卷二说："'犹厌言兵'四字，包括无限伤乱语。他人累千百言，亦无此韵味。"这些评价是当之无愧的。

我不知道，为什么如此懂诗懂词的《人间词话》的作者王国维先生竟有如此偏见？

所以，说到扬州风流诗话，除了徐凝一首"明月"之外，是少不了何逊、杜牧、刘禹锡、张祜，白石自应占的一席之外，看看下面这首七绝，现代诗人郁达夫先生自然也不能缺席（《怀扬州用姜白石"小红低唱我吹箫"韵》）：

乱掷黄金买阿娇，穷来吴市再吹箫。

箫声远渡江淮去，吹到扬州廿四桥。

那么，十四桥呢？姜夔的《过垂虹》诗言道（编按："垂虹桥"在江苏吴江，因亭而名；"十四桥"亦非一座桥名，是言其多也）：

自作新词韵最娇，小红低唱我吹箫。

曲终过尽松陵路，回首烟波十四桥。

这是最具音乐性，也最有歌唱性、情调最具风韵的一首诗。

我常常想，扬州的历史和文化资源如此丰厚，为什么近年来却落后了呢？

贡性之,这名字有点生。如果说到元代画家王冕,可能知道的人就多了。特别是在书画收藏界,如果你看到一幅王冕的画,上面要是没有贡性之提的诗的话,这画你得打一个疑问。据说,在当时的杭州,凡得到一幅王冕的梅花,一定要请贡先生在上面题诗,不如此则谈不上一流和显贵。这话我们姑妄听之。但看看贡性之下面这首绝句,就知道此言非虚:

王郎日日写梅花,写遍杭州百万家。

向我题诗如索债,诗成赢得世人夸。

诗当然很一般,毫无诗意可言。但对于书画鉴赏和收藏界而言,倒有些价值。

这里说的王郎当然就是王冕,其实,王冕本人不仅梅花画得好,梅花诗也是上品。依我看,其格调甚至比贡性之还要高一筹,如《墨梅》:

我家洗砚池边树,朵朵花开淡墨痕。

不要人夸颜色好,只留清气满乾坤。

这清气流传千古,王冕的名声比贡性之大多了。

贡性之的梅花诗,最好的要算这一首,诗题就叫《题梅》:

平生心事许谁知,不是梅花不赋诗。

莫向西湖踏残雪，东风多在向阳枝。

即便是同一树梅，枝叶亦有向阳与背阴之别。诗人抓住这一点，生发开去，成了一首别有喻托的好诗。

表面说的是梅花，寄托的则是人的命运。"东风多在向阳枝"者，联系他的身世来看，当然有几分不平的妒意，但纤弱良善的诗人并没有发牢骚，也只是委婉地劝世人"莫向西湖踏残雪"而已。

爱花惜花，诗人心性。这些年，我每年都要去西湖，大都在春秋两季，没有见到梅花，只能在古人与梅花的故事里缅怀遥想。

贡性之近体绝句晓畅流丽，清新自然，像一幅幅充满浓郁西湖风情的生活画卷。《吴山游女》诗云：

十八姑儿浅淡妆，春衣初试柳芽黄。

三三五五东风里，去上吴山答愿香。

这是一位贴近生活的平民诗人。春风里，柳树梢头柳芽儿黄了。一群妙龄女子，穿着好看的春衣，相伴着，嬉戏着远去了，她们是去吴山答去年许下的愿香的。这样的诗明白晓畅，平易如歌，谱上曲子极易上口。

诗人怀着春风一样的喜悦，描下了这幅动人的画面。

另如传诵一时的名篇《涌金门见柳》：

涌金门外柳垂金，三日不来成绿阴。

折取一枝入城去，使人知道已春深。

随手拈来，四句上韵的白话口语，这就是诗，是很有时代感的歌。

摘一支柳条回去，让怕冷不敢出门的城里人知道，春天早来了。诗人的情致里透出一丝儿喜悦，却淡淡的，像滴入清水里的一滴墨，慢慢地化开来，化开来，几乎为无。正像韩愈描写初春山坡上刚吐出的芽骨朵儿，"草色遥看近却无"（《早春呈水部张十八员外》）。但吟哦之间，却有一种时序移易的悠悠情思涌上心头。诗的生命是意境、趣味和情韵，不是形式。

"暮春者，春服既成，冠者五六人，童子六七人，浴乎沂，风乎舞雩，咏而归。夫子喟然叹曰：'吾与点也！'"这难道不是诗？读这一段，我相信，我们对夫子的刻板印象会有所改变。当然这是题外话。

元赵松雪有《东城》绝句云：

> 野店桃花红粉姿，陌头杨柳绿烟丝。
>
> 不因送客东城去，过却春光总不知。

与贡性之诗相比，一者简远，一者浓艳，不在一个档次。人称赵孟頫诗书画三绝，且不说书画，诗则平平而已。

《涌金门见柳》一名《湖上春归》。清初钱谦益《列朝诗集》（闰集·卷六）作《咏柳》，说是日本贡使诗："倭夷入贡，驻舶杭城外涌金门。有《咏柳》诗云云。又有句云：'西风古道摧杨柳，落叶不如归意多。'"袁枚《随园诗话》（卷九·二〇）又作："闺秀李金娥《咏路上柳》云：'折取一枝城里去，教人知道是春深。'"都未免太离谱了。一首好诗，大家都争它的著作权，至少可以证明此诗流传之广了。

〔柒三〕 白话入诗

被称为现代刘伶的大翻译家杨宪益，据说，到了晚年，终日泡在酒缸里，于无意中，泡出了一本诗集——《银翘集》。"久无金屋藏娇念，幸有银翘解毒丸"，大俗大雅，诗集以此为题，别有深意——为能败火也。败自身之火，此为自嘲，亦败他人之火，此为嘲人。口语入诗，合辙合韵，妙趣无穷，有讽有嘲，嘲人嘲己。看看下面这些妙句，这位自称"卅载辛勤真译匠，半生漂泊假洋人"，在一次文代会上偶得佳句云："好汉最长窝里斗，老夫怕吃眼前亏"，顺手拈来，毫不费力。仔细品味，何止是好玩？其间多少意味？又如：

> 大妹今朝挨一刀，医生手术实在高。
> 位卑未敢忘忧国，病愈重听捉放曹。
> 从此胸中无块垒，无须会上发牢骚。
> 他时重赴民盟会，应有嘉言颂圣朝。

打油诗也要有所为，这些诗是叙志，写意，还有隐隐的讽喻，语言看似不经意从生活中随手拈来，但极具匠心，用当代流行的口语，对仗工稳，出人意外，又毫不作态，很有味道。正是大师出手，于平凡处见出不凡的内功。

没有大学问，高境界，雅品味，闲心态是做不出来的。

《藕波词话》有一段有趣的记载，也可以看作是大师们的一次语言表演。

1944年，金陵大学中文系的孙望教授，宴请庞石帚、萧中仑、沈祖棻、刘君惠、高石斋、陈孝章等几位教授于枕江楼雅集。那时候，西红柿在一般家庭的餐桌上是很难见到的。几位教授集会，自然是要尝尝鲜的。席间，不知是哪位先生突发奇想，建议来一个"咏番茄"，用东坡居士《水龙吟·次韵章质夫杨花词》韵：

什么季节吃什么东西，喝什么酒，在我国文人中是一种传统。可在此之前，谁也没有吃过番茄，就更没有哪位诗人咏过了。这自然是一道有趣的难题。最后，大家决定一起来联句：

似茄还似非茄，许多人吃休叫贵。最多营养，富维他命，ABCD。玉米成粑，红薯造酱，无此滋味。小孩儿见了，连声讨要，皮剥去，甜而脆。　不恨此茄吃尽，恨洋人、到来不对。更恨奸商，居奇囤积，把良心昧。加点红糖，酿成果酱，价钱加倍。是我们，戏味番茄，告盟友无他意。

句句写番茄，句句有讽喻。

庞太老师兴味尤浓，为此词作序，顷刻而成。序曰："彼东坡者，虽能为此词，未尝食此茄；彼洋人者，虽常食此茄，未能为此词。二者得兼，其我辈乎？或曰，此非词，拆开横写，亦犹今日之新诗也乎。"

这大概要算是文坛的一大趣事，一首奇词，一篇妙文。

〔柒四〕 散文家诗人

汪曾祺是一位当代最受欢迎的散文家和小说家，其实，他也是一位诗人和剧作家，他的画也极有味。他的诗和画就像是他的为人，朴实真诚，都是率性随意之作，出自天然，来自生活，既不用典，也不掉文，随口成篇，大俗大雅，活用日常口语，风趣幽默，他自己戏称之为打油诗。如《自题小像》：

近事模糊远事真，双眸犹幸未全昏。
衰年变法谈何易，唱罢莲花又一春。

这是他晚年的作品，像他的散文一样，平平实实，自然流畅而又谦虚风雅，看得出深厚古典诗词的功力和民歌民谣的影响。这很容易使人想起他为现代京剧《沙家浜》编写的那些精彩的唱段来。又如《旧日宿桃花源》：

红桃曾照秦时月，黄菊重开陶令花。
大乱十年成一梦，与君安坐吃擂茶。

看尽了人情世态，领悟了生活的真谛，才有这样坦荡的胸怀，哲人和达人是统一的，体现在这位诗人的全部精神里。又如《老味道》：

年年岁岁一床书，弄笔晴窗且自娱。
更有一般堪笑处，六平方米作卧厨。

这是安贫乐道的平民生活的真实写照,他原来还是一位美食家,自己能作一手好菜,常常自己操厨,招待客人。一位热爱生活也懂得生活的人,才能写出那样亲切、贴近生活与土地的诗。

他用白话来写七律,音韵、平仄、对仗,更显出了他运用文字的功力(七十一岁):

宜入新春未是春,残笺宿墨隔年人。

屠苏已禁浮三白,生菜犹能簌五辛。

望断梅花无信息,看他桃偶长精神。

老夫亦有闲筹算,吃饭天天吃半斤。

写来毫不费力,眼前事、身边物、口头语,随手拈来,便成佳联妙对。在这里,我们依稀看到了他从老师沈从文先生那里继承的道德光辉和精神身影,无论在什么境遇下,都保持了那份人的尊严与自爱,对他生活的土地和人民、历史和传统充满了入骨的温爱和真挚的深情。这才使他总是在平凡的生活中找到诗材,提炼诗意,增加诗趣,再加上深厚的文学功底和文字修养,还有永远和寻常百姓的联系,正如明人邱濬《戏答友人论诗》所言:"眼前景物口头语,便是诗家绝妙辞。"即便是讽喻、批评嘲弄,他也不忘前辈温柔敦厚的诗教。如:

睁眼糊涂闭眼清,世事荒唐莫认真。

只要头顶乌纱帽,便是人间人上人。

汪先生是过去一代知识分子的代表,书香名门的高雅与贴近民间的精神关怀统一于一身。

每当读到当代那些文学大家的作品的时候,常会感到一些儿遗憾:汪先生这样高雅平和而令人亲近的身影离我们已经远去了。

借用古人的一句话云："去子敬风流，亦以远矣。"（清王澍
《淳化秘阁法帖考正·晋王献之书二》）

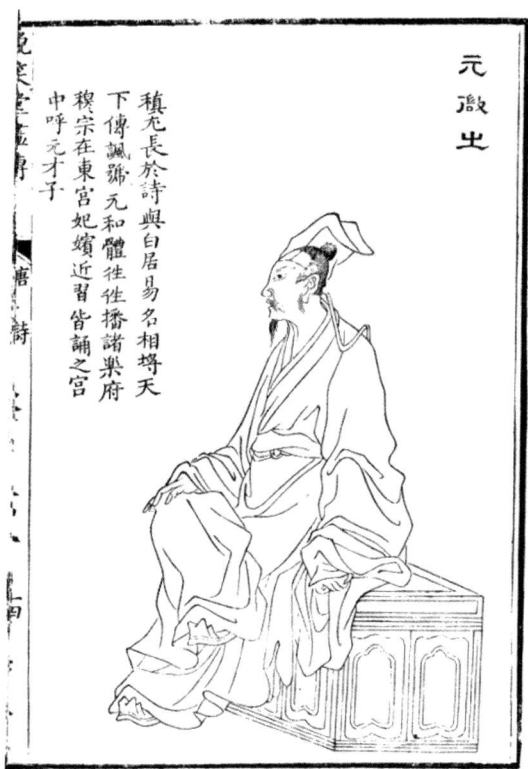

元稹（779—831），字微之，唐诗人，与白居易常相唱和，世
称"元白"

曾经沧海难为水，除却巫山不是云。
取次花丛懒回顾，半缘修道半缘君。

这是唐代元稹的《离思五首·其四》，前两句几乎经常被人引用，作为久经尘世坎坷、阅尽人情世态的诗的表述，我们常常忘记了诗人的初衷：怀念死去的妻子，也是此心不渝的承诺。

"取次花丛懒回顾，半缘修道半缘君"，元稹这样似乎一往情深的诗还有好几首。诗人的态度很冷静，理大于情，多于情。

情是什么呢？

明代戏曲家、文学家汤显祖《牡丹亭记题辞》说："情不知所起，一往而深，生者可以死，死可以生。"这说法似乎有些抽象。情是一种感觉，一种意念，看不见，也摸不着，描述起来空灵飘忽，不着边际。诗人试着用形象来表现：

依依脉脉两如何？细似轻丝渺似波。
月不长圆花易落，一生惆怅为伊多。

晚唐诗人吴融用上面的诗来描述"情"，把情物化，连用四个比喻，如丝、如波、如月、如花，最后落到想念的那个"伊"。吴融说"情"，把抽象具象化，把具象诗化，应该说"功课"做得很好了。

但"情"这个东西，还是要当事人来说，才能叫人动容，才能叫人感动。法国雕塑艺术家罗丹说："艺术就是感情。"

脍炙人口的怀念亡妻的诗，料想数得上李商隐的《无题》"春蚕到死丝方尽，蜡炬成灰泪始干"。而他的另一首《锦瑟》诗，则更是伤逝诗中的极品：

> 锦瑟无端五十弦，一弦一柱思华年。
> 庄生晓梦迷蝴蝶，望帝春心托杜鹃。
> 沧海月明珠有泪，蓝田日暖玉生烟。
> 此情可待成追忆，只是当时已惘然。

诗人对亡妻王氏的深切怀念不像元稹说得那样直白、清醒和理智，而是满含清泪、字字啼血的哭诉和悲哀。

诗以"锦瑟"领起，用锦瑟的五十弦柱，弦弦柱柱说不尽的

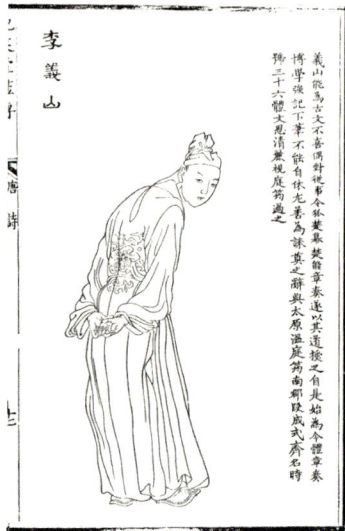

李商隐（813—238），字义山，号玉谿生，唐诗人，与杜牧并称"小李杜"，又与温庭筠并称"温李"

思念总揽全篇，然后通过具象性的庄生梦蝶的世事变幻，杜鹃啼血内心伤痛，鲛人泣珠旧情难再，蓝田日暖往事如烟，这样四组极其鲜明的形象描绘和隐喻的意象，把怀念和伤痛统合起来，深沉委婉，如泣如诉。结句"此情可待成追忆，只是当时已惘然"，如一声长长的叹息，从回忆的伤痛中醒过来，余音不尽。诗人抽泣道：

"当时，为什么就不知道珍惜呢"？

清代诗人袁枚在"性灵说"中也特别强调，真情是诗的灵魂："诗者，由情生者也。"（《答蕺园论诗书》）又说："凡诗之传者，都是性灵。"（《随园诗话》卷五·三三）

从诗的艺术形象表现，还是从感情之真切而言，都不是"取次花丛懒回顾，半缘修道半缘君"，也不是"惟将中夜长开眼，报答平生未展眉"（元稹《遣悲怀·其三》）所能比拟的。

因为，两者的不同在于，一者理，一者情。理者清醒，重在一时的承诺。情者惘然，伤痛，难以忘情——这是艺术的力量。

这是怀念亡妻诗中之极品。

怀念亡妻之作，我们不能忘了东坡先生。先来读读这首《江城子·乙卯正月二十日夜记梦》：

　　十年生死两茫茫，不思量，自难忘。千里孤坟，无处话凄凉。纵使相逢应不识，尘满面，鬓如霜。　夜来幽梦忽还乡，小轩窗，正梳妆。相顾无言，惟有泪千行。料得年年肠断处，明月夜，短松冈。

全是倾诉，全是悲哭，全是真情。梦境与现实，真真切切，没有半点修饰，却格外感人。

千年以来，东坡先生是一位最富人性人情、最伟大的诗人。

后记

本集中这些文字，都是近十余年来的读书笔记。——自己写着好玩而已。寓居海外，无以为欢，读书写字以自遣自娱也。

经好友倪俊先生推荐，王胜利女士看了其中的几篇，觉得有些意思，认为对于现在喜欢中国古典诗词的年轻学子，对于退休赋闲、喜欢写写画画的老人，茶余饭后，偶尔翻翻，以资谈助，亦一乐也。鼓励我整理一下，于是，就有了现在的样子。

画家林建放下了浊流滚滚的黄河、奔腾狂啸的壶口的油画本业，为这些文字作插图；友人篆刻家都元白病中为书签治印，为本书增色不少。钟修身、阚宁辉、秦志华、唐少波、梁业礼诸位先生在本书的出版过程中给予了无私帮助，花费了大量心力。

在此一并表示衷心感谢！

易水寒
2022年秋于纽约悟楼

图书在版编目（CIP）数据

诗趣杂谈 / 易水寒著. -- 上海：中西书局，
2022.12（2023.3重印）
ISBN 978-7-5475-2045-1

Ⅰ. ①诗… Ⅱ. ①易… Ⅲ. ①古典诗歌—诗歌欣赏—
中国—文集 Ⅳ. ①I207.2-53

中国版本图书馆CIP数据核字(2022)第223379号

Shiqu Zatan

诗趣杂谈

易水寒 著

书名印签	都元白
插图绘画	林　建
封面题签	易楚奇
责任编辑	唐少波
装帧设计	梁业礼
责任印制	朱人杰

出版发行　上海世纪出版集团
　　　　　中西書局 (www.zxpress.com.cn)
地　址　上海市闵行区号景路159弄B座（邮政编码：201101）
印　刷　上海当纳利印刷有限公司
开　本　890毫米×1240毫米 1/32
印　张　7.875
字　数　150 000
版　次　2022年12月第1版　2023年3月第2次印刷
书　号　ISBN 978-7-5475-2045-1 / I · 237
定　价　80.00元

本书如有质量问题，请与承印厂联系。电话：021-31011198